杭州啊杭州

丰子恺　巴金　余秋雨 等 著

夏烈　袁瑾 主编

浙江摄影出版社

全国百佳图书出版单位

序

叶　明

这是一本当代作家写杭州的散文集。写的都是杭州的景，杭州的人，杭州的事。

主编这本书的是杭州师范大学的两位老师：夏烈和袁瑾。夏烈教授是我比较熟悉的，是年轻的著名文艺评论家和网络文学研究专家，也是一位作家。他要我为散文集的出版写几句话，我答应了，因为我觉得这是一件很有意义的事。

杭州自古被誉为人间天堂。她天生丽质，文质彬彬，美丽富饶，闻名天下。千百年来，无数文人墨客为她写下了无数赞美有加的诗词和文章，其中不少就是优美的散文，如明朝张岱的《西湖梦寻》，至今被奉为文学经典。现当代作家用散文写杭州的就更多了，留下了许多脍炙人口的名篇佳作，但是好像还没有一本精选的文集——尤其是1949年以来的篇什。这本散文集的编辑出版，是一个首创性的贡献。

集子中所选25篇文章的作者，有我们共同仰慕的前辈名家，有当今著名的诗人、作家和学者，还有近年来崭露头角的年轻作家、艺术家。他们当中，有的是土生土长的杭州人，有的是曾经在杭州工作和生活的老朋友，也有的是虽然与杭州只有数面之缘却对她一见倾心的知己。不管他们与杭州结缘的时间是长是短，与杭州的关系是深是浅，也不管现在人在何方、年龄大小，他们都有一个共同的身份——杭州铁粉，杭州是他们的挚恋。换言之，杭州在他们心中都有着不同寻常的份量。这种份量来自于他们对这座城市的深刻认识、了解和热爱。当然，正如一千个人心中就有一千个哈姆雷特一样，每个作者眼中的杭州也不完全相同，他们笔下的杭州，也会呈现出不同的色彩、气息和味道。但正是如此，通过这些文章，我们更能看到一个历史的真实的杭州，一个多姿多彩、充满活力和希望的杭州，一个真正值得我们相守相爱的杭州。

这25篇文章，篇篇都是难得的美文。其中，丰子恺、夏衍、巴金、余秋雨、黄亚洲等先生的文章以前都读过，现在再读，格外亲切。其他一些作者的文章，有些读过，多数是第一次读到。阅读这些文章，如同漫步流连在西子湖畔，曲径通幽，花团锦簇，一步一景，美不胜收。一册在手，如捧甘泉。写到这里，忽然想起一位外地朋友曾说过的一句话。他说："游杭州和西湖，就像打开一篇优美的散文，从容而优雅，质朴而深邃，一章一句，可叹可咏，韵味无穷。"看来，散文与杭州，乃是美文美城的天合之作。

散文集的出版，也是杭州文化名城建设的成果。文化是城市的根和魂。文化的高度决定一座城市的精神高度、历史高度和发展高度。没有文化，再高的楼也只是一堆没有生命的钢筋水泥；没有文化，西湖也只是一个普通的大水塘。而文化建设是一个不断推进和提高的过程，城市文化的高度更需要靠不断的沉淀与积累。可以说，这本散文集和其中的每一篇文章，都是支撑和提升杭州城市文化高度的一砖一瓦。因此，我们应该向每一位作者和散文集的编选者表示衷心感谢和崇高敬意。

是为序。

2022年8月16日

（本文作者为政协第十届杭州市委员会主席）

目 录

下阕　矮纸斜行闲作草

/

上阕

旧时明月犹相照

浪迹的足踝沐尽流霞

你泽被千年的恩宠

宛如洗心池擦亮的鸟鸣

让我身披清澈

心中微感异样

卢文丽《云栖竹径》

故乡

故乡之忆

/

夏　衍

我出生在杭州，这是一个被叫做天堂的地方。但是自从我二十岁那一年离家之后，迄今六十年，大概只回去过四五次。原因是辛亥革命以后，浙江一直被北洋军阀卢永祥、孙传芳等所控制。1927年大革命失败后，浙江又出了蒋介石、陈立夫、戴笠，我的旧友宣钟华、张秋人相继遇难，我就失去了和故乡的联系。

解放后我在上海和北京工作，但也只回去过两次。1954年，我随谭震林同志到浙江视察，住了一个多星期。我曾到杭州艮山门外严家弄去探视过我的故居，但这所房子已在抗日战争时期烧毁，解放后成为浙江大学农学院的农场。我也曾到市内和湖滨去寻找过青年时期的旧游之地，但除了大街上的石板路变了柏油马路之外，相隔三十余年，几乎没有什么变化。1960年我再次到杭州，那时从市容到工业建设都有了很大的变化，甚至连“方裕和”

"孔凤春"之类的百年老店的招牌也已经看不到了。从那时起，到现在又是二十年了，是不是我对故乡失去了怀念之情呢？那也不是。太平洋战争后，我从香港回到柳州，一天晚上有意摆脱了同难的朋友，独自想到江边去摭拾一些过去的回忆。这一夜月黑无星，灯光黄淡，渡浮桥，中途索然思返，忽然听到了一对青年男女的絮语，那是十足的杭州上城的乡音，于是想起了李白的"此夜曲中闻折柳，何人不起故园情"的诗句。当晚我便写了一篇《忆江南》的散文。还有一件很奇怪的事，"文化大革命"中被"监护"的时期，我常常梦见我出生的旧屋，不仅房子结构和陈设，连某一块地板已经朽折，某一处墙壁已经剥落，甚至我幼年在后院的一棵橘子树上捉金龟子的情景也历历如在目前。因此我想尽管离乡日久，故园之情恐怕是终生难以切断的。

浙江不仅是鱼米之乡，而且是丝绸之府。汉代以来，中国就以丝绸闻名于世界。而中国的丝绸，主要出产于浙江的杭嘉湖三府。本世纪初，杭州就有了规模不小的"纬成""虎林"两家新式丝织厂。后来都锦生从日本回国，又别出蹊径，开办了另一个丝织厂，专织西湖风景和人像的丝织装饰画，是全国唯一的外销产品。从这一点看，浙江的轻纺工业，在本世纪初就有了相当的基础。

浙江无霜期长，雨量充沛，是一个农、林、牧、副、渔可以全面发展的好地方。农业方面，从粮、棉、油、麻、丝、茶到糖、菜、烟、果、药、杂十二个字，各样俱全。在我的童年，在杭州乡下还可以看到两人合抱不住的香樟树。绍兴、萧山一带，10月间可以看到一片片火一般的红叶，这不是枫叶，而是乌桕。而桕子却是重要的工业原料。但是，1960年，我到绍兴、萧山去的时候，乌桕已经很少，据说，这是抗日战争时期被砍伐了的。至于渔业，浙江除了有一个舟山大渔场之外，淡水鱼也十分丰富。在这里，我想起了一个有趣的故事。解放初期，华东局派了一个工作组到浙江去复查土改成分，后来工作组写了一个调查报告，其中说：贫农的成分，可能划宽了。因为他们看到贫农家吃的是大米饭，而且还有鱼虾等等。陈毅同志在这个报告上，写了一个很有风趣的批示："二杆子！你们用西北边区的眼光去看浙江，必然会得出错误的结论，不仅浙江这个鱼米之乡，连我们四川的贫农，也是吃大米饭的。"也许有人会说，浙江的牧业不过是养猪和家禽吧，那么，为什么会有"湖羊"这个闻名全国的品种呢？

过去，有人把"文弱"这个词加在浙江人身上。我认为浙江人文则有之，弱则未必。姑且不讲远古的越王勾践之类的事了，在旧民主主义革命时期，第一个用鲜血和生命闯开了辛亥革命途径的，不正是鉴湖女侠秋瑾吗？大家知道，北京大学是“五四”运动的苗圃和摇篮，那么，我们必然会想起蔡元培先生。假如北大没有这位开明的校长，就不可能有《新青年》杂志和“五四”运动的大批骨干。“五四”运动时期，除北大外，南方有两个最革命的学校，一个是湖南第一师范，另一个是浙江第一师范。浙江一师的校长经亨颐先生是浙江“五四”运动的最热心的支持者。他和廖仲恺先生齐名，是坚决执行国共合作的国民党左派。近年来，每年有成千上百的外国朋友要到绍兴去观光，他们要看的不是禹王陵，而是鲁迅的故居。去年秋有几位日本朋友要去富阳参观，他们的目的不是到富春江观鱼，而是为了要去看一下郁华、郁文（达夫）的双烈碑。听说这块碑在“四人帮”时期被砸烂了，因此我只能婉言推拒。直到今天，我们还可以很自豪地说，全国性的两个文化团体的名誉主席，都是浙江人：一位是全国文联的茅盾，他是乌镇人；一位是全国出版工作者协会的胡愈之，他是上虞人。当然，在科学技术方面，也可以开出一大批浙江著名人物的名单。我只举两个人的名字，二三十年代国内外著名的大数学家陈建功，是绍兴人；现在为我国国防工业作出了巨大贡献的物理学家钱学森，是杭州人。

解放以来，浙江在各方面都有了巨大的进步。但是不

浙江省立第一师范学校

必讳言，由于缺乏经验，我们也走过了不少弯路。我们不懂得扬长避短，50年代末期，我们不从事浙江所长的轻纺工业，以致连丝纺工业也落后于江苏、四川，而偏要在煤铁两缺的浙江去大办钢铁。特别是十年浩劫中，浙江名副其实地到了经济崩溃的边缘。1975年冬，我听一位从温州来的朋友讲到当时的情况，真使我不相信浙江这样一个富裕的地方竟会败坏到这种程度。但是，付出了学费，还是会得到报偿的。三中全会以后，浙江起了很大的变化，农业上去了，工业也上去了，尽管过去的破坏十分惨重，但是，我们有很好的自然条件和勤劳智慧的三千几百万人民。我相信，不久的将来，浙江不仅可以让一批农民先富起来，而且可以成为全体人民都富起来的省份。这是一个远离故乡六十年的乡人的祝愿。

1980年5月

夏衍（1900—1995），原名沈乃熙，字端先，浙江杭州人。文学、电影、戏剧作家与社会活动家，中国左翼电影运动的开拓者、组织者和领导者之一。有话剧剧本《秋瑾传》《上海屋檐下》，电影剧本《狂流》《春蚕》《祝福》，自传体回忆录《懒寻旧梦录》等。

故乡的潮

/

陈学昭

夜里，当我躺在木板上，朦胧中听到一阵隆隆的声音，好像大潮汹涌，把我送到了故乡，想起了大江和母亲，回到了年轻时候。

“八月十八看江潮”——旧历八月十八——这句民间话，不知已传了多少年代，儿童都懂。我一直羡慕那些常去观潮的人；而我却从小就没有机会去观潮。母亲和哥哥们都不许我去看，怕我出事情。秋天，潮水很大，经常听人们在谈论大潮。我老家在郊区，离江边较远些；可是后来搬了家，租城里的房子住，离江边近了不少。那时，我想邀我家附近的一个同学陪我去江边，她不敢，怕我哥哥们知道，她担当不起责任。

那是在进上海爱国女学文科念书的日子。同学中有从外省来的，如四川；有本省的，如崇德县、桐乡县；也有本地的。她们知道我是海宁人，大家都喜欢问我：“嗨！海宁的潮怎么样？”我老实地说：“我还没有看见过。”她们都笑了，说："怎么在海宁，竟连潮都还没有看见过！"我有点不好意思，对着上海人说："你们的黄浦江怎么样哪？""我们是问你关于海宁的钱塘江大潮呀！"我不再出声。

暑假里，我下定决心，在一个晴朗的日子，吃过早粥，跑出去。我知道，海宁潮每日都有两次，只不过八月十八最壮观。我只要能看一次潮，能在人前昂着头说"我看见过海宁潮"，就心满意足了。母亲以为我到邻近的那个高小时的女同学家里去，我们间是很谈得来的。当我走到江沿，果然，疏疏落落站着几个人。看到一位老先生站在那里，我就立到他旁边。我觉得这位老先生不会欺侮人的。他板着面孔，两眼盯着江。一会儿，隆隆的声音开始响了，老先生就带着严厉的口吻问我："你是哪里人？"我回答："我是这里人。""没有人陪你来？！嗯！"隆隆的声音近了，老先生把我拉了一把，和他一起往后面退。我的两眼并没有放过观潮的机会。远远涌过来了，银白色的一根练条，在阳光照射下，闪闪烁烁。闪烁的亮光，使我眯起了两眼。啊，钱江潮，故乡的潮。我想起了在私塾里读书时，教书先生常吟诵的那么两句诗："海浪银如郭，江横玉系腰。"我还在呆呆地望着。

老先生把我拉到观潮亭上，观潮亭也不太高。潮过去了，我跟着老先生走下来，感谢他给我的帮助。他微笑着

海宁观潮亭

说："以后可要小心呀！"这时，我再走到江边，看到铁牛身上没有水，今天的潮确实不算大。这一天我回到家里，已过了中午，因激动，满身大汗。母亲奇怪，在女同学家里做了些什么事呀，累得这样！我当做没听到，一声也不响。观潮回来，我常想起从旁人那里听到的许多传说：越王勾践曾经调动很多军队让士兵向江潮射箭，但是毫无作用，潮仍然隆隆地来。也有传说：铁牛曾被大潮冲到江里，是越王勾践设法派一批识水士兵从江中把铁牛找上来的。

从这一次以后，直到1960年春天，我跟着最小的亲哥哥一起到盐官；而后，我患高血压和动脉粥样硬化等病，我哥哥也患高血压和冠心病；我们已经许多年没有回故乡了。走在街上，遇不到熟人，但街上的一些商店门前，好像有人在谈论我们。我们走到江边，看了一次潮，观潮亭不见了，听说是被大潮冲坏的；又听说大潮曾冲走很多站在江边的观客，一去不返！

当时从盐官回到杭州，既要坐船又要坐火车，已经赶不上了，只好找个小旅馆过夜。我们买了几只包子当夜饭[①]吃。男客和女客分房间住，我和一妇女同一小房间。次日

① 编者注：夜饭即晚饭。

一早付了房费，我在街上买了几块糕点，就动身回杭州。想不到我哥哥回到杭州，冠心病发作，竟去世了。我得到嫂嫂送来的悲痛消息，竟发高烧，又呕吐，无法去送他！

从这次观潮以后，我很久很久没有去故乡观潮了；可是每夜听到窗外隆隆的声音，就要想到故乡的大潮！

大侄儿——三哥的长子在硖石工作，他常有机会去盐官，几次鼓励我回故乡观大潮，并告诉我如今情况已大变，新造的观潮亭既高又大。整个盐官镇的街道再没有烂泥，都是水门汀。我很想回故乡看看。虽然我曾经过印度洋、地中海……遇到过一些浪潮，总感到故乡的钱江大潮有它的特点，难怪每年都有成千上万的国内国外的旅客到盐官来观大潮。我内心充满着矛盾，有时想去故乡观潮；但行动不便，双脚无力。如果被人一挤，就要跌跤；在家里独自走几步，并无人挤，也会跌跤。据说老年人跌跤是常事，只该自己注意。

今年秋天，从报纸上读到，电视里看到很多生动的报道：“到盐官观钱塘江大潮的国内外旅客，有两三万人之多。今年的海潮特别大，党和国家对此非常关心，特别加强了警戒，以确保游客观潮时的安全。”

从1960年至今已二十多年过去了，我没有回故乡观潮，虽然我几乎——除了大雨的夜晚，天天听着隆隆的声音，这声音好像把我送到了江边，送到了故乡，带给了我无限的希望。人是生活在希望中的，希望就像大潮一样，永远汹涌着！有一天我要实现我的希望！

1989年11月7日于杭州

陈学昭（1906—1991），原名陈淑英、陈淑章。浙江海宁人。作家、翻译家。曾任浙江大学教授、浙江省文联副主席。有长篇小说《工作着是美丽的》《春茶》，诗集《纪念的日子》，散文集《倦旅》，文学回忆录《天涯归客》《如水年华》等。

杭州写生

/

丰子恺

我的老家在离开杭州约一百里的地方，然而我少年时代到杭州读书，中年时代又在杭州做“寓公”，因此杭州可说是我的第二故乡。

我从青年时代起就爱画画，特别喜欢画人物，画的时候一定要写生，写生的大部分是杭州的人物。我常常带了速写簿到湖滨去坐茶馆，一定要坐在靠窗的栏杆边，这才可以看了马路上的人物而写生。湖山喜雨台最常去，因为楼低路广，望到马路上同平视差不多。西园少去，因为楼高路狭，望下来看见的有些鸟瞰形，不宜于写生。茶楼上写生的主要好处，就是被写的人不得知，因而姿态很自然，可以入画。马路上的人，谁仰起头来看我呢？

为什么喜欢在茶馆楼上画呢？因为在路上画有种种不便。

第一，被画的人看见我画他，他就戒备，姿态就不自然。如果其人是开通的，他就整一下衣服，装一个姿势，

湖滨茶馆

好像坐在照相馆里的镜头面前一样。那时画出来就像一尊菩萨，不是我所需要的画材。画好之后他还要走过来看，看见寥寥数笔就表示不满，仿佛损害了他的体面。如果其人是不开通的，看见我画他，他简直表示反对，或竟逃脱。因为那时（四五十年前）有一种迷信，说拍照伤人元气，使人倒霉。写生与拍照相似，也是这些顽固而愚昧的人所嫌忌的。当时我有一个画同志，到乡下去写生，据说曾经被夺去速写簿，并且赶出村子外，差一点儿没有被打。我没有碰到这种情况，然而类乎此的常常碰到。有一次我看见一老妇和一少妇坐在湖滨，姿态甚好，立刻摸出速写簿来写生。岂知被老妇瞥见，她一把拉住少妇就跑，同时嘴里喃喃地骂。少妇临去向我白一眼，并且“呸”地吐一口唾沫，仿佛我“调戏”了她。诸如此类……

第二种不方便，是在地上写生时，往往有许多闲人围着我看画。起初一二个人，后来越聚越多，同看戏法一样。而这些人有时也竟把我当作变戏法：有的站在我面前，挡住视线；有的挤在我左右，碰我的手臂；有的评长说短，向我提意见；有的小孩子大叫“看画菩萨头”！（他们称画人物为画菩萨头）这些时候我往往没有画完就走，因为被画的人看见一堆人吵吵闹闹，他也跑过来看了！我走了，还有几个小孩子或闲人跟着我走，希望我再“表演”，简直同看戏法一样。

为了有这种种不方便，所以我那时最喜欢在茶楼上写生。延龄大马路[1]上车水马龙，行人如织，都是很好的写生模特儿！——这是我青年时代的事。

最近，我很少写生。主要原因之一，是眼力差了，老花眼看近处必须戴眼镜，看远处必须除去眼镜。写生时必须远处看一眼，近处看一眼，这就使眼镜戴也不好，不戴也不好。有些老花眼镜是两用的，上面是平光，下面是老光。然而老光只有小小一部分，只能看一小块，不能看全面，而画画必须顾到纸张全面。这种眼镜只宜于写字，不宜于画画。因此，我老来很少写生了。一定要写，只有把眼镜搁在眼睛底下鼻孔上面，好像滑稽画中的老头子。但这很不舒服，并且要当心眼镜落地。

然而我最近到杭州游玩时，往往故态复萌，有时不免要摸出笔记簿子来画几笔。这一半是过去习惯所使然，好像一到杭州就“返老还童”了。

使我吃惊的，是解放后在人民的西湖上写生，和从前在旧西湖上写生情形显然不同，上述的两种不方便大大地减少了。被画的人知道这是“写生”，不讨厌我，女人决

---

① 编者注：延龄大马路，即今天杭州的延安路。

不吐唾沫。反之，他们有的肯迁就我，给我方便。有一次我坐在湖滨的石凳上，看见一个老舟子坐在船头上吸烟，姿态甚佳，我就对他写生。他衔着旱烟筒悠然地看山水，似乎没有发觉我在画他。忽然一个女小孩子跑来，大叫一声“爷爷”！那老舟子并不向她回顾，却哼喝道：“不要叫我！他在画我！”原来他早已发觉我画他了。这固然是一个特殊的例子，然而一般地说，人都开通了。这在写生者是一大方便。

围着看的人当然也有，然而态度和从前不同了，大都知道这是“写生”，就不用看戏法的态度对待我了，大都肃静地站在我后面，低声地互相说话：“壁报上用的。”“上海去登报的。”（他们从我同游的人身上看得出我们是上海来的。）有时几个青年还用“观摩”的态度看我作画，低声地说“内行”的话，倘有小孩子吵闹，他们代我阻止，给我方便。这些青年大概也会作画。现在作画的不一定是美术学校学生，一般机关团体里都有画家，壁报上和黑板报上不是常常有很好的画出现吗？

由此可知解放后人民知识都增加了，思想都进步了，态度都变好了。在“写生”这一件小事情中，也可以分明地看出。

1959年6月9日于上海记

丰子恺（1898—1975），原名丰润，号子觊，后改为子恺，笔名TK，法号婴行。浙江桐乡人。艺术家、文学家、翻译家、佛教居士。有散文集《缘缘堂随笔》《车厢社会》，画集《子恺漫画》《护生画集》，论文集《绘画与文学》《艺术修养基础》等。

我的老杭州

/

李杭育

竹　器

我们江南就是两样东西最多：稻米和竹子。

几乎是有山就有竹子。就算没有人种的，也必有野生的。而无论什么竹子，无论粗细长短，都让从前的人做成了这个那个。竹子的用途在从前的江南几乎无所不在。

那时候，乡下人家的许多草房，用的整根毛竹做的梁，而且全部的“墙”都是竹片扎的，外边再苫上稻草。

还有毛竹搭的桥，在山乡小涧随处可见。

还有篱笆的竹片，吹火的竹管。

许多农具的把柄是竹的。尤其那些扁担，最难忘了。从前不但是乡下农民离不开扁担，城里人家也很有用场。

竹筐、竹篮、竹匾，这些也都是城乡通用，家家必备的。上街买菜的妇女，都在臂弯里挎着一只篮子。如果是买冬天的腌白菜，几十斤上百斤地买，篮子就太小，用得上箩筐了。还有霉干菜，是要摊开在竹匾里拿出去晒的。江南气候潮湿，城乡人家总是有这样那样吃的用的，需要时常晾晒。走过从前的那些小街小巷，常可见大大小小的竹匾伸出窗台，摆上墙头，甚至是爬上了房顶，让那一片黑瓦像是贴上一块块膏药……

当然晾晒最多的还是衣裳。衣架是竹的，晾竿是竹的，而且搁置晾竿的"节节高"，还索性连竹节也利用上了。

厨房里的竹器肯定更多，除了锅灶盆缸，别的几乎都可能是竹子做的。竹编的蒸笼、竹扎的蒸架、竹丝筅帚、竹筒水舀、竹漏勺、竹饭篮、竹酒篼、竹碗橱、竹筷、竹铲……

那种竹壳热水瓶，从前的每户人家都能见着。

老人挠痒痒，用的是小竹耙儿。

小孩打苍蝇，用的是小竹拍儿。

扫帚也是竹的，畚箕也是竹的，来装运垃圾的人力车的车身也是竹的。

竹的钓鱼竿钓上鱼来，放进拴在河边的竹鱼篓里。

夏天乘凉，坐着一把小竹椅，自家门前摆场面，下着棋，说着话，喝着茶……

躺椅就更舒服了。脑袋搁在上边的竹枕上，闭一会儿眼睛，听听戏文，摇摇扇子，优哉游哉。

还有可以当床睡觉的竹榻。这要算是大件竹器了。尽管睡在竹榻上，动作大不得，一翻身就吱吱嘎嘎，可毕竟凉快呐，比棕绷上铺席子更让人睡得惬意。何况竹榻轻便，容易搬动。从前的夏夜，许多男人就在院子里摆两张长凳，搭上竹榻，就这么露天里睡了。

不过，想起来，从前那所有的竹器，最让我怀念的，倒是我一两岁时成天待在那里面的那个竹童车。我那部童车不带轮子，主要是为了让那个一两岁的我立得住、跌不倒。

河埠头

从前的小河小溪，一条是一条，水都满汪汪的。

那些住在河边的人家，就在贴近水面的岸边搭几块石板。或是顺岸横搭，或是搭成一段伸向河中的小小栈桥一般。江浙话里的"河埠头"，就是河边一块地方的意思。

当然不是说随便什么地方，而是一块住家过日子可以派上用场的地方。

许多江南小镇沿河而筑的两岸河街，几乎家家户户都有这么一小块河埠头。每天淘米、洗菜都在这里。有亲戚来串门，常常是摇着船直接来到后门口。

河水深一点，这地方便可以拴个小船。而水若够清，岸上人家还在这里挑水吃。到了夏天，孩子们就从这里下水去游泳，捎带着捉鱼摸虾。这些都是河埠头的用处。不过记忆中，好像更多的河埠头是为了给人一块可在河边立足而又能轻易够着水的地方，以便蹲在那里洗菜、洗衣裳。

更多的河埠头是让女人占着。

那本是糙剌剌的石板，已经让她们的衣裳搓磨得很光溜了。古诗里讲的那一记记“捣衣声”，多半就是在这样的河埠头，用一根根木制棒槌“笃笃”地拍打出来的。我不知道古人用的是几许尺寸、怎般形状，只记得小时候我家里那根棒槌约莫一尺半长，手捏的把儿稍许细些，前面用来拍打的那段略微倾斜出一个角度，做成三棱三面，宽面着地，三条棱脊刨圆。总之，这根棒槌捏在手里，一记记捶拍上了肥皂的衣物，很是顺手。

其实从前洗衣裳很少用肥皂。更早时还没有肥皂呢。要想把衣裳洗得清爽，河埠头上的女人们，只能靠反复地捶捣、搓揉、漂涮，总之是力学性质的努力而非化学把戏。从前那一记记被诗意化了的“捣衣声”，依我听来，只代表着妇女洗衣的辛苦。

不过，当她们三个五个，挤在同一个或者邻近的河埠头上洗衣裳时，这辛苦就多少有些让彼此间的说笑、嬉闹给冲淡了。尤其年轻少妇们，荤荤素素的话题、趣闻，总是很多很多。

还有每日早中晚做饭之前，差不多的先后，她们也都出现在自家的河埠头上淘米、洗菜，隔着一段岸，甚至隔着河，说笑着、嚷嚷着……

或许这里面少不了飞短流长。或许不过是娘儿们的扎是非，嚼舌头。但是，你相信吗？从前我们江南民间的许多故事，是在河埠头上编出来、传开去的。

兰溪船

钱塘江是条大江，一向总有许多船只在匆匆过往。客船、货船、渔船，形形色色，百般风光。

不过，以我儿时之见，钱塘江上，最风光的还是兰溪船。

那些船，只只神气，像一弯新月似的两头尖尖翘翘。虽然通常是当驳船用的，八九条十来条地连成一串，由一艘拖轮牵引着跑，但自身也能扬帆独行。船身窄而长，两米来宽，却有十多米长，看上去是那么苗条、秀气。一座竹篾夹箬叶编的篷盖高高拱起在船的中段，遮着大半的船面，只露出船头和船尾的一小截儿。舷板都是选了上好的木料，还都漆得油光锃亮。好像任何时候都是这么新簇簇的，好像它们是去做客……

而那时的钱塘江上，多数的木船都颓败不堪。多数是运煤，运肥，运石头，运黄沙，因此多数是那样残破、肮脏，显得自暴自弃。江水滔滔，风雨无情。你若也见过往日那般情形，就该明白我何以只对兰溪船格外在意。它们不仅美观、雅致，还特别整洁、清爽。穿行于一江破船烂帆之间，简直是硬让它们显出几分矜持，几分清高。

兰溪是钱塘江上游的一段，也常被当作一个地方。儿时记得的兰溪船，据说就是从那里来的。其实，我至今也没去过兰溪，关于那地方我知道的不多，而且记忆里的那些修长、漂亮的木船究竟是否出自兰溪，我也不是很有把握。大人是那么说的。

从大人们那里我还知道，兰溪船运的是棉布、糖果、肥皂、香烟……总之是商店里卖的百货。在以往很长一段时间里，工业品在中国老百姓心目中身价不凡，几乎就是奢侈品了。跟着沾光，驳运百货的兰溪船，也就成了它们这个行当中的“白领”。

它们也是这样的自我感觉，翘首而行，一派整洁。兰溪船上的女人，似乎成天就是跪在船板上擦呀擦呀。

约莫是两三条船盛下一户兰溪的船家——真正是以船为家的船家。生活和劳作是同一回事。全部的老少人口、衣裳铺盖、锅碗瓢盆，乃至家禽家畜，都在这两三条船上，一起带到了大江上来。儿时的我曾猜想，或许在兰溪那里的岸上他们也有个家，有座带烟囱的房子。

生意淡时，他们回到那里的家歇一阵。

过年了，想必也是在那烟囱下面煮鱼烹肉。

可平常时候，谁知道在那房子里还能留下什么呢？既然他们把鸡狗也带在了船上。

甚至还有猪，在船头船尾那点地方一颠一颠地溜达。

猪都是经过训练的，不但适应了船上的狭窄，不怕颠簸、晃荡，还竟学会了主人要求它们做到的卫生习惯，绝不敢乱来一气把船上弄脏。拉屎拉尿，它都会尽量凑到船边，把圆滚滚的屁股朝向船外，一径往江里排泄。鸡呀狗呀，也都是这样。

记得儿时在江里游泳，我们都喜欢攀搭过往的木船。仅有的例外，是在发现兰溪船上的猪狗时往船边退步，顿时一哄而散，逃之夭夭……

捉毛蟹

除了餐桌上身价很高的湖蟹，在江南水乡，从前还有一种不起眼的小蟹，也曾是我儿时的美味。从溪边捉来它们，洗干净，裹上面糊，下到油锅里炸熟，就是很香脆的一碟。这种蟹个儿不大，了不得有个核桃大小。因为蟹腿上长着很长的毛，小时候的我们管它们叫“毛蟹”。

从前的江边、河岸、湖滩，到处爬动着毛蟹。甚至水田的田埂旁也能见着它们的踪迹。从前肯定是有过一段毛蟹们觉得日子蛮好过的时光。

傍着水，倚着岸，风光很不错，毛蟹们就在那草坡、土坎和泥滩上安营扎寨，掘出一个个钱币大小的洞洞。白天就待在这些洞里，把这当作了家。

不过，大概也像人和人不一样，有些人很勤快，喜欢把自己的家收拾得像模像样，而另一些比较懒惰的人则对什么都马虎些了。依我看毛蟹里边，也有会偷懒的，图省事、不愿费劲打洞的，随便找块石头躲到下边就是了，这很现成。

而这也让捉毛蟹的我们很省事。把那石头翻个个儿，这只毛蟹就没地方躲了。谁叫它这么偷懒呢！

可大多数情况下，捉毛蟹可没那么容易。那些待在洞里的，四只毛脚就在洞口，你一目了然。但若想去捉它，你一伸手，它的动作可比你快，一下就退入洞穴深处，不见踪影了。这洞可能很深很深，还可能和别的洞连通着。你知道毛蟹逃去了哪里？

性急的小孩就会傻乎乎地拿个小刀、竹片挖呀挖的，会费很大的劲。这就好比是“鬼子”进了村，跟毛蟹们打起“地道战”来。当然“鬼子”是打不赢的，“地道”连成了片嘛。就在他这么吭哧吭哧费劲挖洞的当儿，毛蟹肯定已经从别处他没管着的哪个洞口跑掉了。

瞎捣鼓了几回以后，这孩子或许会渐渐地开窍，明白了捉毛蟹的要领，在于不让它往洞里跑。想点办法先切断毛蟹的退路，把它逼出洞来，才好下手。如果有一根小棍子往洞口旁松软的土里插入，正好插在毛蟹身后的洞道中央，插准了，拦截住，把它这么一惊，一挡，往外一赶，这事儿准成。

当然这也得有点眼力，他得会看蟹洞才行，得预先估计准确这洞道可能的走向。并非每回都能掐算得准。毛蟹打洞很少直来直去，更不会彼此雷同，千篇一律，就像那电影上讲的，“各村的地道都有许多高招……”

我已经记不得了，多少次捉毛蟹，多少次是我得逞，多少次则是我让毛蟹要了。

从前的江河还没被污染，因此从前的毛蟹们，受到的最大骚扰，恐怕就是我们这帮孩子了。

下雪了

总算盼到下雪了！

在我们南方，像模像样下一场雪，不是那种半吊子的雨夹雪，真正是一朵朵飘下来的雪，即使下得不算很大，也足以让小孩子们，还有大孩子们，甚至还有保留着孩子气的大人们，好好兴奋上一阵了。

也不怕人家北方人笑话，就这么点儿雪，就把那么多人从暖洋洋的房子里召唤出来。大冷天的，来到湖边，来到山上……其实，有些地方，地上的雪，真还不如玩雪的人多哩。但这也已经让大大小小的孩子们玩得很开心了。大自然难得赐给南方孩子的这场雪，真可以说是不玩白不玩哪！

你想嘛，人们玩别的游戏，别的玩物，那都是要他们多多少少付出一点代价的。你得先动手把那玩意儿做出来，要不就花钱买。而唯有老天爷送给我们的这场雪，可算是天上掉下来的一大件玩意儿。真的，不玩白不玩！

秋雨冬雪，大自然倒是一向如此。孩子们在雪地里玩耍，滚雪球，堆雪人，乘雪橇，恐怕也是很古老的事了。只是如今人们来玩雪，赏雪，还比从前多了个拿照相机甚至是摄像机拍雪景的花样。

可要让我说，怎么玩都不如我们小时候打雪仗来劲。

“战线”相隔十多米二十米，两边的孩子都在捏雪团，一个挨一个，摆放在各自的掩体里，和电影上看到的大人打仗，把一颗颗手榴弹摆开在战壕前沿，道理是一样。一旦开仗，至少第一个回合的互射，“弹药”是很充足的。两边都在狂轰滥炸。这边是拿破仑，那边是库图佐夫。

看出对方有点接不上了，便是冲锋的最佳时机。把自己还剩的雪团捧在左臂弯里，右手里再抓着一个，嗷嗷叫地冲出掩体。于是，满街满巷，甚至漫山遍野，一片混仗。一个个雪团呼啸而来，擦过耳边，打在额上，绽开满身满脸……

那时的我们真棒，打得狠，也挨得起，真有点战士般的勇猛、顽强。

不过，到了晚上回家，我们可就窝囊了。因为浑身上下一塌糊涂，衣裳裤子全都是泥污、冰渣，差不多每个孩子都会遭到大人的一顿臭骂。更糟的是鞋子整天踩在雪地里，湿透了。好歹只是一双鞋，明天还得穿呢。赶紧守着炉子烤吧。

脑子里却还惦记着，明天要是雪还没化，再和阿三他们打上一仗。

写于1996年

李杭育，1957年生，浙江杭州人。作家、画家。新时期文学“寻根派”代表作家，浙江理工大学教授。有长篇小说、中短篇小说集《流浪的土地》《最后一个渔佬儿》《公猪案》《醒酒屋》，以及随笔集《江南旧事》《唱片经典》《电影经典》等。

长大

杭州啊杭州

/

海　飞

邵双平说要让我给写篇稿子，写写杭州2000年以后在我眼里的变化。我想了很久，除了我的年龄像芝麻开花节节高以外，好像没什么变化。大到市政建设日新月异；中到汽车的更新换代，或是住房的不断升级；小到喝啤酒有奖，都和我不是很沾边。

2000年的时候，我在诸暨一所中学里当文书。因为有些无所事事，就经常找传达室的老头吹牛，我拍着胸脯说，我同你讲，我是三天两头跑杭州的。传达室老头对我十分钦佩，他是个酒糟鼻，一喝酒就鼻子红。他红着鼻子说他在年轻的时候去过西湖，那湖比我们这儿的水库还要大。他喝多了就和我没完没了地讨论杭州。

2000年夏天我终于带着一张地图去了杭州，和我同去的是初中同学陈炯。作为业务骨干，丝织厂派他去喜得宝公司学习。我对丝织厂这个厂名比较热爱，这个厂名在若干年后总是出现在我的小说中。陈炯对我的这种想法嗤之以鼻。他冷笑一声说，除了女工多，没啥。我借陈炯学习之便，留宿在他的宿舍里。他也没有好好学习丝织印染技术。我们借了两辆自行车，车轮滚滚把整个杭州给跑遍了。我们去了灵隐，也去了九溪十八涧，去了满觉陇和龙井村，去了所有该去的地方。我们回到诸暨的时候很疲惫。当我把游杭州真累这个心得告诉传达室老头的时候，他羡慕地看着我手中的杭州地图说，你真像一个跑码头的。这让我兴致勃勃地指点着地图，像一个军事指挥官一样告诉他这儿是飞来峰，这儿是六和塔。

在中学当文书的那段时间里，我把杭州地图上的地名，都用在了言情小说里。我同时给杭州的两家报纸写小说，一写一整版，每版都有五百块稿费。那时候我的工资才一千二，拿到稿费后我经常请传达室老头喝一块多钱一瓶的西施啤酒。他对我简直佩服得五体投地，红着鼻子说，他年轻时候的梦想就是能从小县城走出去。

后来我离开了学校，去了一家报社当记者。在2004年春天以前，我其实已经把记者做得有些熟能生巧了。再后来我一个人去了一次西塘，住了三天，回来后突然脑袋一热，离开了报社。我就那么无所事事地晃荡了一年半，发现生活是需要理想的。于是在2005年5月1号背着我从部队当兵时带回来的行军背囊到了杭州。背囊的边上，插着一张新版的杭州地图。我按着地图行进，不停地问路，终于找到了省群艺馆。这个群艺馆不偏不倚地坐落在西湖边上，步行去看湖，只要五分钟。我觉得这真是上天的恩赐，于是一天两次跑过去看湖。我在群艺馆里主要是给他们编一本叫做《文化娱乐》的杂志。这时候我突然发现，我比陈炯还要幸运，那杂志里面的女明星比丝织厂的女工还要多。

我实在是搞不清什么时候开始热爱文化学习的。我在晓风书屋装做博览群书的时候，看到了一张书屋自己印制的古杭城地图。我一下子喜欢上了那些地名，什么旗下、河渚、弼教坊、金衙庄……这些地名让我一下子想到，在那个年代，文人肯定经常去湖边吃老酒的，或在湖上泛舟，把西湖整个地收进自己的宽衣袖袍里，像是自家的一样。我想那是一个多么美好的年代。我把这个想法语重心长地告诉了陈炯。陈炯长叹了一声说，俱往矣。

这张地图我现在还珍藏着。看着黑色的页面，我心中窃喜。这地图和几张老版杭州地图放在一起，就像我杭州生活的百科书一样。我还对城的西边发生了兴趣，兴致勃勃地闯进西溪，看到了挂在树上的幸福而火红的柿子，像一盏盏兴高采烈的小灯笼一般。我闯进过西湖对面的三个部队疗养院，还去了乌龟潭、茅家埠等地方，我想这些不太有游人的西湖的背面，大概和古代时候的杭城风景，差不了多少。

有那么一段时间，我还学会了散步，我顺着运河散步。看到很多人在运河边的健身器材上健身的时候，我也模仿着他们的样子去健身。接着，我开始搜集杭州新房地图、杭州酒吧地图、杭州餐饮地图等等一系列的广告地图。有一天，一个上门收废纸的中年男人，在收走了许多旧书旧报以后，指了指桌上那一堆广告地图纸。我大笑说，睁大你的人眼看看，你胆子太大了，敢把地图当废纸。

有一天我得到了一张房产广告地图。那地图上的地铁线像蚯蚓一样盘踞着。我对此一点也不感到恶心，而是对杭州的地下通道产生了浓厚的兴趣。我总是认为，在地底下快速前进，是一件很爽的事情。如果有一天我要是也有钱的话，我想在地铁沿线买一间屋子。这样的话，我可以动不动就钻到地底下去，像土行孙一样，钱塘江东边钻进去，武林广场钻出来。一转眼，就是杭州大厦、文化广场、雷迪森，还有一个可爱的麦当劳叔叔风雨无阻地在不远处等待。这简直就是一件比李云龙打仗还要快意的事啊。

写到这儿，我突然就想起了那个酒糟鼻的传达室老头。八年过去了，不知道他现在怎么样。如果他突然来杭州找我，我一定会给他继续吹牛，从一张私人地图开始。

2018年3月12日

海飞，1971年生，浙江诸暨人。作家、影视编剧。有长篇小说《麻雀》《旗袍》《惊蛰》《向延安》《回家》《江南役》，随笔集《没有方向的河流》等。

自我精神成长的考古记

/

夏　烈

四十年了，我一直住在这座城市：杭州。少年时认为它很小，园林那样小，园林那样美。

早先，城的概念始终保持着南宋以降的规模，十个城门以外就不是杭州城里。城外于我们有陌生的乐趣，比如春、秋游就可以跑到荒郊野外拈花惹草、架灶起锅，但终究是陌生的，只记得是离离的田野、漾漾的河塘。

坐车往南，隔江的萧山有亲戚，一年差不多由外公带去一二次，老辈人过世后也就往来稀少。

城里的几条大路少年时是踏遍的，我们嬉戏于孤山下、宝俶塔边、石板弄堂、炊烟人家。从不知道某处是什么、谁家住过，到逐渐有文化，说原来这是郁达夫的故居，那是鲁迅度蜜月的酒店，同一个墙门的邻居老太太竟是康有为的小女儿，某女生伴我撑伞踱过的大塔儿巷留下了戴望舒“丁香一样的结着愁怨的姑娘”……

有一次，已经是2009年，我与北京来的女朋友走了一段经典的老路线，断桥出发西泠桥结束，短短的1.7公里，我自觉地充当起导游的角色，结果就是把自己介绍得感动了。

我当然知道这是因为西湖任意一个这样的自然段里，历史、人物、故事（也包括事故）都丰沛得难以想象——余秋雨当年散文的成名作《文化苦旅》中有一篇《西湖梦》，形容过这种丰沛感：“它成名过早，遗迹过密，名位过重，山水亭舍与历史的牵连过多，结果，成了一个象征性物象非常稠厚的所在。”余秋雨还违章下水游了一程，上岸时，又蓦然觉得“我是从宋代的一处胜迹下水，游到一位清人的遗宅终止的。于是，刚刚抚弄过的水波就立即被历史所抽象，几乎有点不真实了”。

与他不同，我是这座城池的“土著”“杭三代”，所以当我与人散步时说的典故就不只是象征物，而是记忆，是生命感，是脚印的无数次丈量，是时空叠加的经验穿越。换句话说，我既可以说这是南宋的某某、民国的某某、诗词歌赋的某某、四大爱情传奇的某某，但也马上可以说，我满周岁的时候在这里拍过照，我姨夫曾在这里工作，我和小伙伴经常徒步到这里谈天说地，小学时有一次实在憋不住就在它边上撒了一泡尿……

那么，秋雨请退散，我乃“钱塘苏小是乡亲”。

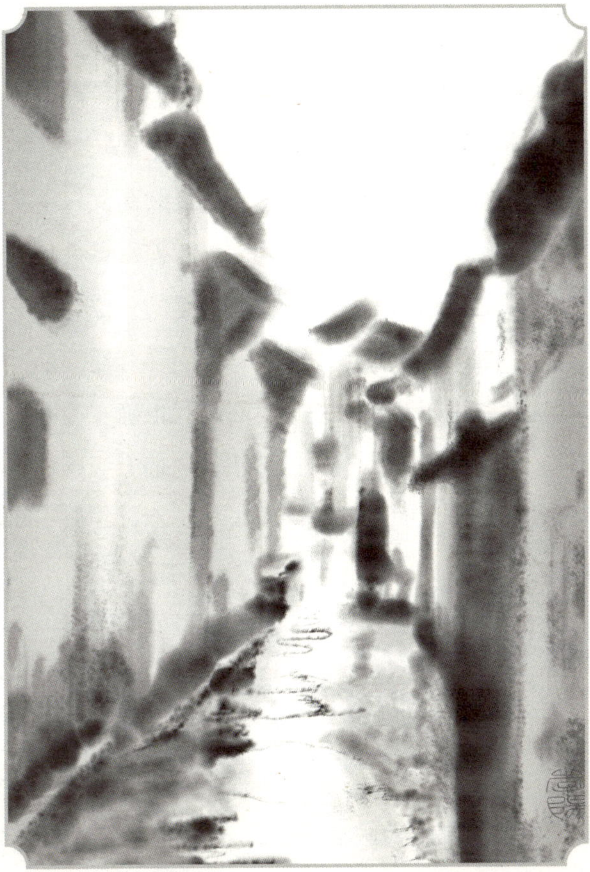

雨巷

有两段事迹可以证明我曾自由不羁。

一段是我1993年高中毕业并没有读大学。当年的高考录取率大约是30%不到，所有报端的招聘广告的学历起征点就是高中，跟今天的本科差不多，不算丢人。

我的一位高中的小伙伴闲着无事连续高复三年，目标是浙江大学，结果是杭州师范学院，落差有点大。不过有趣的是，跟他遭遇仿佛，也高复了三年的一位杭师院的师兄叫马云，如今名满天下不费多言。同样有趣的是，作为当年连杭师院也不高兴去考（不高复我也确实考不上，严重偏科）的我，到头来在2011年去了它的升级版杭州师范大学做教授。渊源兜兜转转还有很多，不过，似乎都在印证少年时的印象有某种真理性：这是一座小城。

说岔了，我要说高中毕业后的那段岁月。我一边打零工一边偶然地开始自学考试。除了一年两次考前像困兽那样痛苦，且不修边幅状若苦修高僧，剩下的季节就有大量的时间读闲书、听音乐、写写字、走走路。当然，比较羞涩的一个目的是可以睡懒觉。一个少年文人的壳已经出炉，至今没有办法回炉重塑。

也就是那段日子，买书和会客成了我的两件要害事务。父母宽容地把最大的房间让给我，然后书从架上绵延到案头流溢到地面堆叠到床沿，不说那些热爱至今的门类，单说后来搬家时捐掉的那一堆，几乎都是星相医卜。那时来家会我的人就有学佛学道的、练气功的，加上浙大的几位外语系美女带着她们的外籍男不知什么友，以至于居委会一度问家父家母："你儿子究竟在干吗？"

另一段就是阅读。不知别的杭州读书人怎样，反正我是很小的时候就能在身边的亲戚家藏书里搞到很多唐诗宋词、明清笔记之类的东西，至少也是这方面赏析类、知识类的小册子。

我2006年9月去乌镇第一次拜会纽约归乡的木心，他也讲"我们小时候似乎家家户户都有《古文观止》《古文辞类纂》这样的书，这就是当时江南像乌镇这样地方的风气。一些书也不定是我家的或者你家的，总是在街坊人家之间流动，读完又流到别家去。那些书神出鬼没的，就像它们自己有生命似的"。虽然我们有两代半的年龄差，时光隔了一甲子以上，但听了这番话依然令我心有戚戚焉。正是这些古典的或雅或俗的书籍才是我文学启蒙的环境。

我小时候家住解放路，离官巷口不远，先是路北的儿童书店，后来升级到对面路南的新华书店，离家都不过步行十分钟。另有两家书店让我觉得有别样的感情，常常会带给我惊喜般的暗爽，遗憾它们都早已消逝不见，像往生的长辈。现在中年的我可作古老情怀来讲。

首先是积善坊巷里头靠近中山中路出口有过一间非常简陋的古旧书店，除了收款处背后架子上有十余种线装的价格略贵的经史子集外，剩下的整屋子都是打折书、库存书，封底敲一小方蓝印，便宜出售。一些被书虫们称为“网格本”的“外国文学名著丛书”，以及“日本文学流派代表作丛书”“获诺贝尔文学奖作家丛书”“诗苑译林”“现代经典作家诗文全编书系”“走向未来丛书”等，我都在这里搜集过个别品种，弗洛伊德、罗素、叔本华、萨特、波伏娃、铃木大拙，当年时髦的某些哲学译本也经常出现在这里。

我在这里买过不少中国“说部”的闲书，从《搜神记》、唐传奇，到“三言二拍”、冯梦龙的《情史》《东周列国志》、李汝珍的《镜花缘》。还有一些大家未必会看的宋元话本小说，比如《碾玉观音》《清平山堂话本》（明洪楩编的宋元明短篇集，里头有一篇《西湖三塔记》，就是《白蛇传》的雏形）；明清小说比如才子佳人类的《平山冷燕》《玉娇梨》，侠义小说《绿牡丹》，狎邪小说《品花宝鉴》，佛教题材的历史武侠《禅真逸史》《禅真后史》，道教题材的神魔世情《绿野仙踪》，附会唐赛儿反抗朱棣的神魔历史小说《女仙外史》，八仙等题材炮制的东西南北

《四游记》……更不用说文言小说《聊斋》《阅微草堂笔记》《子不语》一类的，以及晚清民国时候的《官场现形记》《孽海花》和黑幕小说、侦探小说、仙侠小说、鸳鸯蝴蝶派、《红楼梦》的一批同人续作。

这样想来，只有被禁的明清艳情小说全本是没法在这里买到的——这个遗憾后来在一批日本、荷兰、我国香港等地图书馆藏书的地下翻印本中终得满足。我搜了约四十种，如《肉蒲团》《灯草和尚》《绣榻野史》《如意君传》。《金瓶梅》当时有凭副教授以上的证明限买一套的印象，我至今对没有解禁这本书的印行表示纳闷。幸而我当年也不会客气地等待，别有渠道得了一个香港的本子和一个台湾的本子。其时，我已经在杭州大学中文系读研究生班。1996年前后，靠着这些本子，帮助过一位苦于缺乏一手资料的同学完成了她关于明清小说中女性形象的硕士论文。

我并不研究中国古代的小说，却好好享受过做一个读者的所有乐趣。如今看来更重要的是，也许有了这些因缘，包括我成长史中不可能错过的港台武侠小说与言情小说潮，使我面对中国网络小说时一点都不陌生、不惊讶、不反感。

另一家有所感恩的书店是西子湖畔六公园的“三联”。1991年的一天，忘记春秋，逃课外出的两个小伙伴，一位推着自行车，一位还不会骑车，步行半小时随意逛到离学校不远的六公园。阳光树色都很好，雾霾远未诞生，麻雀啁啾着，伴随偶尔的一串清脆的自行车铃声飞上蓝天。午后略显幽静的小路岔道上出现了一个二层的黄墙红屋顶的小楼，然后看到牌子——生活·读书·新知三联书店杭州分销店。

我记不真切了，是不是那天就见到过多年后一桌吃饭喝酒的作家李杭育——当代文学“寻根派”的代表人物之一——但肯定在三联书店见过他这点没有错。他开始的时候会象征性地出现在店里做高级店员，因为这家店是他当时的妻子叶芳做总经理，难免要服其劳的。我在店里买过他的小说集《最后一个渔佬儿》，他后来那部特别红的《唱片经典》还没有写出，但积累工作开始了。我几年后有一次以无名小卒的身份去他家代师长取一套书，就见过小山包似的一堆古典音乐和现代音乐的胶木唱片与CD漫过了客厅的沙发。

三联书店的作用是拉高了我的格调。要完全反映20世纪90年代的文化风潮和文学走向，当年也只有三联这样的人文店堂才能做到。我的三联版的《爱默生》是这里买的，中华书局和上海古籍出版社的各家诗文集校注有十余种是这里买的，《管锥编》《谈艺录》《宋诗选注》是这里买的，《柳如是别传》《隋唐制度渊源略论稿》是这里买的，“三联·哈佛燕京学术丛书”是这里买的，《苏童文集》《王朔文集》是这里买的，《海子诗全编》《顾城诗全编》是这里买的，每一期《读书》杂志也是这里买的。我突然想起过去写过的一篇《自圆其说：我的批评观》里的话了：

> 那时（高中三年），我看各式的杂书，对儒释道的精神有内在的体认，对当代文学作品还不知其妙处，接着就高中毕业了，找了个单位工作。不到半年，忽然醍醐灌顶似的明白了鲁迅的世界——对这些领悟我内心是有狂喜的，他们成了我带着感伤的精神能量。前一段，在微博上看到央视柴静的视频，她说：“深夜没有痛哭过的人，不足以谈人生。”这话一下把我带回了那段瘦骨嶙峋貌似难民的青春后期的岁月，我当时的小身板为了扛住释迦牟尼、孔子、老庄、王阳明和鲁迅，难免是常常要在深夜吞声痛哭的，搞得如狼似犬。

现在想来，接触三联书店这样的思想粮仓就是这结果，让年轻的生命开始承受人类矛盾且喧哗的了不起的精神的金字塔尖。阅读治疗我们，又增加新的痛苦，而这些痛苦里则伴着灵魂之门打开的快感。

等我从第一个待了超过五年的单位收拾行囊另谋高就时，已经是2006年了。

这之前的五年，我如愿以偿地来到了少年时最看重的一家本埠出版社——浙江文艺出版社。我在那里遇到了一些很不错的老师，比如直接带领我工作两年多的文学评论家、出版人李庆西，他是李杭育的哥哥，在“寻根派”理论建设、书话（一种学者随笔）、新笔记小说写作上都是当年全国排得上号的人物。作为图书编辑，他的业务活也很精，比如关于封面、版式设计和字体字号的运用，他有一种苛刻的追求和良好的审美品味，这对我是极大的训练。

那个年头，出版社、报社、杂志社这种单位都屯着一大批有水准的作家、学者、翻译家。他们同时又是编辑家，跟大学、作家协会各有千秋、互成犄角。这种文化景况今天是看不到了，遗憾也没有用，时移世易，并不都是坏事。

我因为不喜欢体制改革后的考勤（这妨碍我早晨多睡

一会儿），决定调动到杭州市文联去，那儿有一本《西湖》文学月刊等着我。

2017年2月11日

节选自《大神们：我和网络作家这十年》

夏烈，1976年生，浙江杭州人。文艺评论家、作家、杭州师范大学教授。有专著、评论集《观念再造与想象力重建》《中国网络文艺的常识与趋势》，随笔集《大神们:我和网络作家这十年》《散杂集》等。

杭州往事

/

祝铮鸣

生命——

所有的，都在觅寻自己

觅寻已失落，或掘发点醒更多的自己……

一

柳浪闻莺是西湖十景里与我最亲近的地方，最早进到里面是九岁十岁的时候。公园最挨着南山路的入口处有一座娃哈哈迷宫，四周是浓密的树林，迷宫挺大，由许许多多的木隔栅围成，木隔栅被刷成好看的浅蓝色。我在迷宫里来回地跑，无数次地碰壁，最后欣喜地找到了出口，在出口的地方每个孩子被奖励一支小玻璃瓶装的娃哈哈营养液，其中的味道我已不太记得了。

后来的每年暑假，爸爸都会带我去柳浪闻莺看露天电影，看电影是我们父女俩共同的爱好。那个时候，柳浪闻莺的露天电影院分为两场，甲场和乙场，甲场在靠近湖边的那块草地，乙场则稍微靠里些。每个晚上甲乙场上映不同的两部片子，我们挑喜欢的看。一般来说，动作片稍好于剧情片，译制片稍好于国产片。

湖边的蚊子可不少，除了扇子，还要备上清凉油。早早去的话，往草地上一躺，还能看着放映员搭扯大幕，调试机器。在等待的时候看夕阳在平静的西湖中西下，柳条迎风悠摆，也有湖那边的三两个男孩子赤膊游上岸来，浑身淌着水雀跃着来看电影……直到夜幕降临，放映机灿烂的光芒投射开来，老老少少男男女女在暑热退却后的湖滨草地里笑着或哭着，随着剧情心绪跌宕……也有赶上下雷雨的夜晚，轰隆隆，大家鸟兽散地逃去树丛里。我躲进放映机下面的木架里，看漫天细雨中的画面，还有男主角特写的眉眼。

那些童年的碎片，旧时光里的夏天，离我似乎越来越远，可又仿佛越来越清晰。那个陪我去看电影的中年人已年近古稀，城市里的露天电影院也越来越少了，记忆，是一份时间遗留下来的礼物。

在柳浪闻莺南出口的地方，我们也看过几次消夏晚会。台上的阿姨穿着闪亮的演出服，学着邓丽君的台步，歌声既浑厚又妩媚。

几年之后，我已是少女，在国美附中上学。有一年的最后一晚，男友约我去了柳浪闻莺北门的游船码头，那是我的第一次约会，和那位穿着军大衣的少年。我们不知道要说些什么，只是蹲坐在码头的石阶上，看着寒月在水波里碎了的倒影，听游船的船身轻轻撞击堤岸的声音，好听极了，像是《神秘园》里的鼓点。我们一直坐到天色发白，于是离开。

这之后的二十多年，我再也没有进去过柳浪闻莺。

二

每次回想起在杭州的日子，都会在脑海中浮现出一个人。他是我的恩师施绍辰，是在艺术道路上给过我自信最多的人，也是用其风范感染过我的人。

国美附中的同学们称他为“施老大”，他是我们的校长，也给我们授课。在我的眼里，他的风度更接近于一位音乐家，而非画家。他穿着考究，有欧洲古典范儿，气质脱俗，直直的身板，礼貌的微笑，齐耳的短发倒梳着，露出明亮的额头。在沉思的时候，他会略微蹙眉，眼神忧郁而充满诗意。

当时我们附中的教学楼是一座仿民国式建筑，白墙灰瓦，建筑中间有两个方形的中庭，施校长的画室紧挨着我们的教室，窗户向着中庭。每次路过他的画室，我们都爱往里看，里面总是插着鲜花，钢琴的旁边立着画架，画架上的油画画幅都较大，色调多是明快的，正如同他言语中的温暖。作为国美的油画高材生，他早年游学阿尔及利亚研究“马格里布”绘画，所以他对沙漠很有感情，对技法又深有研究。他的作品《撒哈拉沙漠》笔触很小而色彩丰富，人物和骆驼塑造得很结实，作品的气势很是磅礴。他的画面似乎总有音律感，这大概和他深厚的音乐素养有关。

附中二年级的上学期，施校长给我们上过素描课，画的是石膏像灯光作业。他给我们看画的时候总会挺拔地坐着，轻轻执着铅笔，如成竹在胸的指挥家，他的语调亲切而有力，又像一位吟诗的人。贪玩的我那时候并没有好好上课，作业也是临时抱佛脚。到了下学期，换成施校长的儿子施舸老师代课，施校长特意嘱咐他说“祝铮鸣是个艺术感觉很好的孩子，你要多留意她”。可是那时的我成天逃课，没有认真画画，现在想起来满是懊悔。

2006年的春天我回南方，听到了恩师的噩耗，一时无法接受。施绍辰先生是在2003年因心肌梗死去世的，那时候他刚刚退休不久。有同学说最后一次见到他是在滨江，他推着外孙女的小推车，很幸福的样子。

对于施校长，我总以为会再见的，却早已没有了机会。这美丽的西湖边，永远没有了他的英奕风采，没有了他温暖的话语，真是最让我伤心的地方。

三

十岁那年我曾经住在玉皇山下，那里景色幽美，离虎跑和净寺都近。

每个白天我去美术班学画，晚上和周末就在玉皇山下玩儿。那时候的玉皇山游人稀少，山脚下是菜农的瓦房和菜地。通往山上的那条公路上铺满了蛇皮，白色的，踩上去会发出脆脆的响声。据说那些蛇是夜里从山上爬下来被过路车轧死的。因为没人打扫，久而久之，路上积满了蛇皮。我害怕那些蛇皮，因此每每忆起玉皇山，总还有些不安的情绪。

偶尔我们会去虎跑接一些泉水回来熬粥喝。后来爸爸跟我谈起李叔同，说他是在虎跑寺出的家。他有位美丽又贤淑的日本妻子，得知他出家后在寺外长跪不起，连着好几天，最终李叔同也没出来见她。

十岁的我已经隐约知晓人生命运的苦厄，想那出家人的生活必定是“苦”的，于是连那虎跑的水，我也不怎么觉得甘甜了。

后来长大，那个法号“弘一”的僧人成了我的偶像，我喜欢他的书法，不管是他出家前的还是出家后的。我也喜欢他的那首《送别》，无论是歌词还是音律。

我们的房东也是一个老菜农，但他还有兼差，他在净慈寺里看管一口井。那口井不是一般的井。传说净慈寺被烧毁后济公去四川募化来了一百根大木头，这些木头顺着长江水流到这“醒心井”。后来，一根根的木头从井水里冒上来，这口井便有了新名字，叫作“运木古井”。九十年代浙江台播放过《济公》，“古井运木头”的镜头我到现在还能记得。

因为房东的关照，我去净慈寺里玩过几次。寺里很安静，古树也多，黄昏的时候钟楼会敲响“南屏晚钟”。“南屏晚钟”有一百零八声响，都听完需要挺长的时间。我看见过那个敲钟的和尚，他站在高高的钟楼上，穿着深蓝色的跨栏背心，浑身是汗。

我也在寺外的树林里听过南屏晚钟，虽然被来往汽车的鸣笛声搅扰了些，可还是很悠扬。

直到上中学后我才知道有一首歌也叫《南屏晚钟》，徐小凤唱的。歌里唱道：“我匆匆地走进森林中，森林它一丛丛，我找不到他的影踪，只听到那南屏钟……南屏晚

净慈寺的钟声

钟，随风飘送，它好像是敲呀敲在我心坎儿中……”

四

我上附中的时候，美院的伙食很好。大排和月亮肉是一块五毛钱，是食堂里最贵的肉菜了。青菜是八毛，米饭的价钱不记得了。饭票是软软的塑料片儿，有黄有绿，我们用皮筋捆好，握着去打饭。

家里每个月给我寄八百元的生活费，我要拿着存折去湖滨的工行取。八百元已是很富足，偶尔有缺钱的时候，在校门口打投币电话回家，或是写一封长长的家信，聊一些学习和生活上的进步，最后小心翼翼地问一句“可否寄一百元来买本画册?”爸妈便急急汇钱过来。

有时候我们也去打牙祭。离学校不远的劳动路上有一家牛肉粉丝店，店面小到不能再小，店里一张两人桌，店外一张四人桌，口味却是好到不能再好。开店的夫妻俩一个负责切肉，一个负责下粉丝。最后端上来的是一大碗热气腾腾的牛肉汤粉，还有用油纸垫着的切片牛肉，或牛心。牛肉切得薄薄的，用牙签挑起，蘸些调配好的胡椒粉，美味至极。

除了牛肉粉丝，我还喜欢的有知味观的臭豆腐、延安路上的南方大包、东坡路夜市里的炸香蕉、校园小卖部的嘉兴肉粽子。

五

我最早在国美学画画，是在美院工会举办的少儿美术班里，教课的老师都是美院的退休老教师。我还记得其中有马玉如老师、赵延年老师。每节课老师设置一个命题，我们用彩笔画，现在回想就是儿童画，不过老师很是慈祥，小朋友们也友好。有时候我们也捏泥巴，捏一些动画片里的造型。

稍大一些，我开始系统地学习素描和水粉。我很快学会了用铅笔排线，用十一笔颜色画好一个苹果，其中有三笔是画明暗交界线，两笔反光，一笔阴影，亮部是四笔，高光一笔。在获得技能的同时，我开始意识到画画是一件比较无趣的事情，有时我觉得画室像个沉闷的车间，让人透不过气来。尽管如此，我还是顺从地接受了家长的安排，每年寒暑假继续在国美学习。

一九九二年的那年暑假，我们住在美院里的万曼壁挂研究所。那是一幢废弃的教学建筑，因为万曼先生的逝世而没有再使用。房子很漂亮，欧式的，南北两间屋，北边那间住着雕塑系的曾成钢叔叔一家，南边是我们。曾叔叔气质儒雅，见人也客气，我在校园里见过他的作品《鉴湖三杰》，人物有些变形，造型却讲究。曾叔叔的夫人是个热心人，她总爱穿一件无袖的长款连衣裙。当她在校园里骑自行车的时候，印着大花朵的裙摆轻轻飘起，像只裳凤蝶。曾叔叔的儿子小我几岁，很聪明，成天戴一副跳霹雳舞的黑手套。

那个夏天我已经开始画些简单的石膏体和静物。还记得画室里潮热异常，吊扇呼哧呼哧地扇着，也无法让人清凉下来。不能像其他同龄的孩子们那样玩耍着过暑假，让我禁不住地懊恼。

好在还有几件让我高兴的事情。那一年的巴塞罗那奥运会很精彩，晚上可以边吃西瓜边看伏明霞跳水；有时候哥哥姐姐来看我，我们在饭桌上玩儿“报数”的游戏，轮流报数，四和四的倍数不能说，谁说了谁罚酒；偶尔我也和小曾弟弟打羽毛球，或者看他比划霹雳舞。

万曼壁挂研究所的屋子有一扇很大的哥特式花窗，我用了一个周末的时间给玻璃涂上了五彩的颜色。之后的每个白天，阳光透过窗户射进来，屋里出现了缤纷的光之斑。

一段学习结束后，作为奖励，爸爸带我去了绍兴游玩，我们去了兰亭、三味书屋、秋瑾故居，还有咸亨酒店。

一年后的夏天，我在吴山上的一个美术班继续学习，那一年开始画石膏像。

一九九四年年初，美院附中开设了考前班，我开始了考前的冲刺。后来成为我监护人的王笏良老师在美院担任体育课的老师。他在足球场边有一间办公室，我住在那里，一直到考学。

那间办公室最外面是些体育课的器械，往里几个架子，上面有各种各样的球类，最里面是一排书柜、办公桌和单人床。书柜里放满了书，除了和体育相关的一大部分，还有不少世界名著。那几个月里我白天去考前班画画，晚上回来读小说。临考前，画画没怎么进步，小说却看完了一大摞，其中还记得的有《德伯家的苔丝》《基督山伯爵》《呼啸山庄》。

我画头像，用的是费钦的画法，线和面相结合，同时也借鉴些徐方叔叔的明暗调。画水粉，参考的是徐明慧，当时的考生大部分都是按她的方法来。石膏像里头，我最拿手的是“海盗”，几乎各个角度都画过，“阿格里巴”我也能画好，“马赛”则稍差些。

附中考试的第三天，素描考的就是“海盗”，连我抽到的角度也正好画过，素描发挥不错。结果第四天的水粉却考砸了，还记得当时一出考场我哭得稀里哗啦。

后来还是被录取了。一九九四年九月，我正式入学中国美院附中。

附中的课程比较宽松，上午专业课，下午文化课，之外我们有大量的空闲时间。十五六岁的年纪，有几位气味相投的室友冰火相融，偶尔去湖边逛荡，偶尔去书店淘书，偶尔看一次通宵电影，也是青涩的人生体验。那时候的女生宿舍里谈论最多的是张爱玲或三毛，男生宿舍里谈论最多的是女生。

就在湖滨的一家旧书摊上，我淘到过一本中国第一次出版的《百年孤独》。那本书深棕色的书皮，书角已微微卷起，内页也泛了黄。我很快读完那本书，很多细节现在不是那么清楚了，只是小说里的“大冰块”和“猪尾巴”还深深记得。“大冰块”让我见识了现实世界里暗藏着的无穷的惊艳；而“猪尾巴”使我恐惧，这份恐惧一直伴随着我成年，在潜意识里它一直在提醒我警惕这世间所有的“未知”，还有不遵从伦理后很有可能要付出的代价。后来，《百年孤独》这本书似乎在更多的精神层面上影响了我，以至于在十多年之后我画出了一批名为《百年孤独》的头像作品，并被广为认可。从此，“百年孤独”这个名字和我宿命般地被捆绑在了一起。

六

国美在西湖以东，因此，西湖以西的地方我很少去。

小时候去过几次灵隐，一次岳坟，有可能还去过植物园，对此我已经不太记得清了。

有一个地方在西湖以西，我也只去过一次，可是印象深刻。

在一处荒地，立着一座牌楼，我看见上面有块高高的匾额，上面有三个字——学到老，字好像是金色的，很大很大。穿过牌楼，是一个野草丛生的大土坡，中间有宽宽的大石阶，石阶笔直往上，很高很高，似乎望不见头。土坡上的黄土被风吹得四散，除了风声，四周一片死寂。不知过了多长时间，我到了石阶的尽头。一座很大很大的荒冢出现在我的面前，那上面好像有碑文，好像又没有。

那时候我大概有六七岁，我以为，那里埋着的那个叫盖叫天的人，一定是和越王勾践一样的古人。

很多很多年过去，我才对盖叫天的生平有所了解。他是一代京剧表演大师，在“文化大革命”中去世。也就是说，当年我路过他的墓地时，他也才入土十多年。

可是那墓地的荒凉至极，在我幼小的脑海里烙印如此之深。

七

我从小就向往远方，向往流浪的感觉，这和三毛的影响不无关系。同时，我又极度害怕孤单，时刻需要安全感。少年时，我一直在寻找那个既能让我产生在远方的流浪之意，又不失安全之感的地方。后来，我在北京定居，我以为我找到了。

杭州的生活太过安逸，所以，我在杭州不曾流浪过；杭州的风情之宛然，又让我觉得失了些稳妥，我逃离了杭州，像是燕儿飞出了安乐又脆弱的窝。

那些往事，那些我曾栖息过的痕迹，就让它们过去吧。

2016年夏于北京

节选自《时钟突然拨快——生于70年代》

祝铮鸣，1979年生，浙江衢州人，画家。有美术作品《百年孤独》系列、《涅槃之卵》、《云端》，举办个人作品展“空行”“印度拂尘”等。

往事只能回味

/

陈曼冬

人或许对遥远的东西有更加深刻的感情，好比京杭大运河，好比老照片。

从小我就长在杭州，但对大运河开始关注，却是在我去了北京之后。我的大学在中国传媒学院，当然我们读书的时候，她还叫做北京广播学院。是的，我们还是乐于叫她“广院”。那时候，广院一共才400亩地，南门外是通惠河，其实就是京杭大运河北京昌平到通州的一段。所以每当我想家的时候，总是会去看看这条河，想象着运河南端的杭州。我也曾与朋友开起玩笑，说，若是老底子，我大约是能划着船儿来上学的。

偶然的机会，我结识了收藏老照片，并对老照片颇有研究的徐忠民老师。原谅我实在是老照片收藏的门外汉，又大概是由于我不敏感，大概是由于徐老师谦逊，同徐老师相识许久，都不晓得徐老师在老照片领域的深厚造诣和“江湖地位”。

记得有一回，同徐老师，还有任轩在桥边吃饭，窗户是望得见拱宸桥的。徐老师侧身，用手机拍了桥，旋即就从手机里找出了另一张与方才他的拍摄角度几乎一模一样的老照片来。对照着两张照片，我忽然涌出一种感动。

“时空”这个词，忽然让我有拆开它的冲动。时光是在变化的啊，而空间呢，变了吗？没变吗？但是这座桥，就这样地在这里。我甚至不想说那些类似于这座桥伫立在这里看尽世事沧桑变化这类的话。只是有那么一瞬间，我觉得，我的魂大概就丢在了这座桥上了吧，或者用现在的话来说，这座桥可以有另一个名字，叫“往事”。

所有旧时的影像，必定是有人在回忆，甚至是一些人在集体回忆。

我是一个没有地理概念的人，所以我几乎是没有办法从老照片里辨别出与之对应的现今的地理方位。这是一件遗憾的事情，否则应该会在欣赏时更为有趣。

翻阅徐老师发给我的老照片时，我被其中一张吸引住了。那是桥洞下，有四名女学生，或站，或蹲，或靠。桥洞圆拱形的两边是由一些石子连在一起的，石子在水面铺成了一条小路。有一位女生已经迫不及待地靠在了桥洞的另一侧。看得出，那天的天气是晴好的，少女的表情是安静而喜悦的。应该是春天吧，因为大约只有春天，才可以从照片中读到那种特有的温润。只是我好奇啊，是谁呢，拍下了这张美好的照片？

想起了施蛰存先生的诗——《桥洞》。诗里说：

小小的乌篷船，
穿过了秋晨的薄雾，
要驶进古风的桥洞了。

桥洞是神秘的东西呀
经过了它，谁知道呢，
我们将看见些什么？

风波险恶的大江吗？
纯朴肃穆的小镇市吗？
还是美丽而荒芜的平原？

我们看见殷红的乌柏子了，
我们看见白雪的芦花了，
我们看见绿玉的翠鸟了，
感谢天，我们底旅程，

是在同样平静的水道中。

但是，当我们还在微笑的时候，
穿过了秋晨的薄雾，
幻异地在庞大起来的，
一个新的神秘的桥洞显现了，
于是，我们又给忧郁病侵入了。

在江南水乡，桥洞是常见的，但桥洞又是神秘的东西呀，经过它，谁知道呢，我们将看见什么？它似乎是敞开，又似乎是遮蔽，仿佛给了你一条通道，却又看不清路的全部。面对桥洞，读得到对前途以及命运的不可知、不自主。想起某一日，夜晚，运河边，我看着一艘艘夜航船驶过桥洞。忽然间，水波翻动，河水猝不及防地被驶过的船推上了岸。惊醒的一刻，却已避之不及。

看着这照片，似乎就在与这四位少女对望。而我实在搞不懂，是我望见了她们的人生，还是她们望见了我的人生。

现在是午夜的杭州，我在某幢民居的小小书房里，看着老照片，怀想影像里的各色人等。

看到了另一张。大概我能辨认得出，就是拱宸桥了吧。桥上有一男一女并排走着，前面有一个人挑着担子。女人身边的男人戴着帽子，似乎在低头同她讲些什么。女人双手在腹前握在一起。总觉得旧时的女子是有姿态的，这姿态是吸引我的。

天气晴好，流水淙淙，充满了山温水软的水乡风韵；又像货真价实的陈年花雕，浓香袭袭、醇厚绵长，给人以沉醉难醒的梦幻般意境。仿佛随着照片走进古朴静谧的水乡老镇、小桥流水、长巷短弄、白墙黛瓦的深处，总少不了江南女人柔情似水的生命情态，亦可见到江南男子才情四溢的清秀之姿，颇有些烟柳画桥、风帘翠幕的风雅，以及“钱塘自古繁华”的奢靡之气。

我是习惯想象的。譬如这张照片，会想象他们究竟在谈论些什么。他们是偶尔遇见还是相约前往去某一处？他们是这里的主人还仅仅是过客？所以其实或许一张旧照片，就是一则故事，也许一张老照片就是一段历史，就是一段人生。一头扎进老照片的世界，就像一头扎进了这毫不知情的春天。

由于工作的关系，有时候会同作家或者诗人们聊天。面对小说家，我问得最多的问题大约就是，这些故事是你经历的，还是编的？同他们不太熟悉的时候，他们会说，编的呀。当然是编的，我也会笑说。而事实上，我们都会说的是，当然来自于生活。而真正的一段好故事，大约是来自于对人性的洞悉、深刻的洞悉。老照片看多了，我就恨自己不是一个会讲故事的人，恨自己是一个听不懂老照片说话的人。我相信这一帧帧的照片都是会说话的。

我的目光被桥洞吸引。照片里有一个方形的桥洞，一艘载满了货物和孩子的船正从桥洞穿过。孩子们是背朝着我的，所以我基本上看不到他们的表情。但是我一直以为，能坐着船在河里徜徉是一件美好的事情，尤其在童年。天气晴好的时候，我和大多数的杭州人一样，是喜欢去西湖边或者运河边走走的。有一天，我忽然想起，已经很久很久没有坐船了，久远到我已经不记得到底有多远，于是同身边的朋友讲起了一个关于西湖边脚踏船的故事。

那是我的小学时代。班里一名女生的父亲去了老山前线参战，我们叫她父亲张叔叔。当然后来我们才知道，张叔叔是著名作家，现在也常常会在工作场合遇见他。那天学校的早会，我的班主任老师上台读了张叔叔写给他女儿就是我同学的一封信，信的最后他写道："希望有一天我能够回来，同你和你妈妈一起再去西湖踏脚踏船。"事情应该是30多年前的了，而我依旧如此清晰地记得，而且直到成年，我才明白大约这封信是张叔叔作为遗书来写的吧。所以也不难理解当年老师在台上读得泣不成声，而我却懵懂着为何这么美好，她却还要哭泣。

去年10月，我去了英国，坐着船在康河上游荡。多么美好啊！美好得我甚至不知羞耻地念起了徐志摩的诗："在康河的柔波里，我甘愿做一条水草……"记得船儿穿过桥洞时的细节，最清晰的是桥洞下面的石头，一块块那么清晰，大约是长年向着水面的缘故，常常会生出青苔来。用手摸一下，是粗糙的，粗砺感是很动人的一种触觉。是岁月，是经年，是风霜，是阅历，是不动声色，是沧海桑田。

忽然，我想起了在电脑上看老照片的情形。画面是不那么清晰的，尤其放大了看，颗粒感那么强烈，与日常我们看惯了的数码照片是那样不同。但是这样的粗砺，是让人安心的。我见过的第一片海，是7岁时，普陀的海。我见过的第一片沙滩，是普陀的沙滩，并没有想象中的细腻顺滑，只是粗砺。至今还记得幼小的我站在沙滩上，海水漫过脚尖留下粗砺的沙子的场景。所以，一帧充满粗砺感的老照片出现在面前的时候，你大约能够想到，那时战火纷飞，那时灾难重重，那时爱人离散……你只看到照片里那些人永远温暖的笑，永远纵容般的爱。而她的真实世界，你再也走不进去了。

运河流淌着，很寂寞的样子，看着年轻的男女从她身边走过。我的目光落在老照片里的一棵大树上：树很大，树荫笼罩的河滩上，是一只只停泊的船，船工似乎在休憩，有的在船上，有的在树荫下。我似乎能从照片里听到飘出来的歌声，不是劳动号子，而是周璇的《四季歌》。是柔情的，是劳动结束后的汉子们内心最柔软的时刻。似乎一段段悲喜交加的浮生故事，就这样缓缓地拉开序幕。河边空气清新，河边树木葱茏，河边生长着包括爱情在内的所有作物。河道就像是大地的血管。看照片，一种苍凉，一种质朴和自然，就像这黑白的影像一样，轻轻抚平我们那浮躁的心境。

岁月像一把锉刀，挫去了我们的风华。你说，如今我们漫步在小河路，我们漫步在桥西直街，有谁会懂得大都市的小弄堂里那些隐藏的往事？那些被岁月打磨得毫无光泽的往事。于是，我忽然想选择一个阳光明媚的好天气，挑一棵河边的大树，坐在树荫下，听运河告诉我这温软的水和她的故事。最好有橹声，还有人声，是女人的呢喃，男人的酒嗝，还有孩子们的欢叫。

这时的岁月是一条河，日子在这里打了个转，又到下游去了。

常常被一帧照片迷住，只是彼此说出了对方要说的话，甚至，懂得了心里没说出的话。

此刻，我在反复听着一首叫做《往事只能回味》的歌，旋律像运河上的雾气一般蒸腾着。大约这就是往事，只是看不清，却不会消散。

写于2018年

陈曼冬，1976年生，浙江杭州人。杭州市作家协会秘书长。有散文随笔集《惠民济世》《遍看繁华》《我是陈桂花》。另参与《见证：使命与方向》《中国城市文化消费报告：上海卷》《杭州工人运动历史》等评论、研究和创作集撰述。

与杭州一起长大

/

疯丢子

清泰立交桥上的两座塑像可能是我对杭州最初的记忆了。

妈妈隔三岔五骑着自行车征服这座桥。晴天的时候我就四面看，看来往的车流人群，看桥下泳道一样排列的火车铁轨。等下雨的时候，我就只能躲在雨衣下面，每每妈妈躬起身子，那便是在使劲上桥了。这时候被拉过去的雨衣给我一丝透气的机会和一点点的视野，我便正好能看见桥头的雕像的脚指头，再往上点，会有裤子的轮廓。

那时候四季青还没有出现，我家就住在清泰门的老墙门里面。那里面有一个大院子，我们习惯叫它墙门洞。露天的楼梯衔接了六家人，楼上两家，楼下四家。我住楼上，隔壁好像是一对老夫妻，又好像不是。

每天我就抱着哆啦A梦的妹妹的玩偶在楼梯上蹒跚上下，去找进门第一家的双胞胎玩。那对姐妹比我大三岁，她们在前头吱嘎吱嘎地骑着小三轮，我在后头一步步跟。

现在想来可能她们并不想带我玩儿。我小到什么都不会，她们也并不孤独，然而幸好以我的实力也烦不到她们，还能自得其乐。

我从双胞胎齐刷刷的妹妹头一直跟到她们扎起小马尾，才对我们的老墙门有了新发现。

进门最里面那家，竟然就是经营街面上小卖部的。他们打通了门面经营百货，后面连着我们院子的一部分，一家三代五口人都住在里面。

老墙门的构造诡谲，至今还让我觉得像个谜团。比如明明一楼是个小卖部，那家里面竟然还有个小楼梯，砖石砌的，没有栏杆。顺着楼梯能上他们的房顶，店主家的孙子也比我大，经常带着我和双胞胎爬上去。到了他们家的露台，发现上面种满了花草，往外还能看见街面。

那时候还没有什么近水楼台的意识，然而手里却总是莫名其妙会有小零食，一两毛一包的小虾条或者小冰棍，一般都是店里的爷爷和爸爸塞过来。爷爷年纪很大了，现在只能记得他花白的头发，永远一身藏蓝色的衫子，在楼梯下看着我们笑的时候，露出的牙齿只有一两颗。

我的爸爸是个比较追求潮流的人，所以家里早早地就有了空调和电视，然而我年纪太小，并不觉得稀罕，也没什么分享的概念。所以这个墙门洞给我最大的感觉，就是每每下了楼梯，就有一股热浪袭来，带着石头和泥土被烤熟的味道，干燥，却充满热情。

我在那儿学会了走路，学会了爬露台，学会了占小卖部的小便宜，还学会了跟着外婆上幼儿园。

爸妈工作忙，接送的事情外婆自然义不容辞。

我的第一个幼儿园的名字我已经记不清，现在回想起来仿佛充满了时代感，似乎叫二轻还是某纺，总归跟轻工业扯不开关系。我已经记不清幼儿园的模样和那些小伙伴，然而我却清楚地记得，每天外婆带着我穿过尘土飞扬的街巷，路过大堆的工业器材、耸立上天的脚手架，还有无尽的施工的噪音。我紧紧抓着外婆的衣角，又害怕，又兴奋，每天都像一场冒险。

那时候我当然不会知道，住在清泰门的我，正在亲身经历杭州的一次大变革。

四季青要来了，是到我们走的时候了。

爸爸生意失败，新的家依然是一个墙门洞，然而地理位置却有了一次大跃进，我们举家搬进了解放路新华书店的对面，就在官巷口，往西走过两个街区，就是西湖。

那是一个更加拥挤和逼仄的大院子，穿过幽深的门洞，迎面是一大一小两幢二层小楼，砖木结构。边上二层小楼的对面，则是一幢平房，平均分配着六七个厨房，我们家的那个，位列第三，最里面的角落里，则是一个公共厕所，厕所都不算，那只是个石坑。

我们的新家在较大那幢楼的二楼最靠里一间，只有两个房间。里面是父母的卧室，外头我和外婆用木板搭了个床，脚后跟则是饭桌。出门是窄窄的过道，我们家门边的窗户正对着下楼的石梯。南面和东面是连片的砖瓦屋顶，西面则是明湖饭店，它高到完全挡住我们看西湖的视野。每每看过去，永远只能看到蒸腾的白气从他们的锅炉里升腾而上，像是另一个世界。

现在的城里人可能没法想象那种生活，包括我父母回想起来也觉得不可思议。

每一天的清晨，整个墙门洞就像是自带生命的有机体，里面的所有细胞带着它活了过来。人声鼎沸，热气自厨房争先恐后地蒸腾出来，石头阶梯被来去的人走得啪啪响。外婆起床第一件事，就是提着痰盂下楼，那儿大人们集会似的排着队，上厕所的上厕所，倒痰盂的倒痰盂。

现在想来，如此窘迫的如厕环境，我却从未为屎尿发过愁，也算是一种幸福了吧。

新幼儿园就在新侨饭店的旁边，从未有过“转校生”这个概念的我，甫一进去就被一个热情的女孩子封为“贵妃”。她是“皇后”，我们的“皇上”是一个一脸迷茫的圆脸小男生。没多久，“皇上”就被打入了冷宫，因为“皇后”只和“贵妃”玩。

幼儿园不大，游乐区只有一个小小的露台，然而那也给了我们无尽的乐趣。

我们每天下午的固定项目就是看新侨饭店后头的消防站训练，年轻的兵哥哥们穿着迷彩或消防服，在平滑的楼宇上比赛似的爬上爬下，非常惊险刺激。有时候他们还背着消防栓，看起来很是轻松，但有一次他们来我们这儿教安全知识，我们中最滚圆的小胖子连推都推不动。

年纪小的时候尚不知道愁的滋味，每天被外婆带着去幼儿园的路上是最欢乐的。车水马龙的解放路已经颇具市中心的气质，对面的新华书店紧连着太平洋电影院。路过高大的明湖饭店，转过街角的亨得利手表店，便会走进绿树如茵的浣纱路。

这条路即便到今天也和它的名字一样美，两边高大茂盛的法国梧桐永远在夏天遮天蔽日，在冬天敞开胸怀。快到新侨饭店的时候便进了仁和路，那儿常年都弥漫着一股浓郁的药香。后来才知道，那是省中医院的后门。

若要论配套，即便住个陋室，也算有仙则名了。

只可惜那时候依然年幼，三条街已经是我最大的活动范围，以至于除了出门右转去幼儿园的方向，甚至都不知道出门左转就是当时杭州最大的吴山夜市，过了夜市还有花鸟市场，少了很多乐趣。

以前没有学区的概念，或者说当时的孩子并不清楚这些，年级到了，爸妈把我送到了远在三公里外的学校。现在听来不远，然而在当时每一天都成了一场远征。

外婆终于能够卸下重任了，毕竟送一个上学途中会分心到撞柱子的外孙女也确实容易心累。新晋骑士成了伟大的老爸。

那时候杭州还没有禁摩，我有幸做了两年整条街最靓的小学崽，每天早晚坐着爸爸的摩托车上下学，风雨无阻。我在后座狂呼乱叫，被风吹得嘴唇乱飘，看着曾经熟悉的风景飞驰而过，然后又把新的风景看成了旧的。

等到三年级，我开始自己坐公交车上学。我每天在车站边的新丰小吃买个大肉包，拿着学生卡上152路，在长长的两节电车中就着满鼻的汽油味狼吞虎咽，待下了公交，便能偶遇众多同学，汇入人流中，大家一起飞奔着到达学校。

我在安吉路小学上学，小小的学校就坐落在西湖边，现在想来应该是寸土寸金，尤其是边上的武林路被打造成了女装一条街，就越发有了一丝高端的气息。然而小学生能有什么追求呢？每天放学只是想着法子地买零食吃，五毛一包的无花果干、咪咪虾条和香菇肥牛，健康和快乐根本就不在天平上。等后来钱多了，又开始想起路口的鸡蛋饼和牛肉粉丝，至于葱包桧，那必须每天整一副。

每天回家进墙门洞前的第一件事就是擦掉满嘴的油光，面对晚饭都要犯一下愁。然而那时候小学学历，不知道什么是吃一堑长一智。

等到识的字够多了，我又多了一项日常，就是蹭空调。

老房子电路脆弱，不管冬夏，空调何时断电就像是一门玄学。我便干脆每天抓紧在学校做了作业，等吃完晚饭，放下筷子就直奔对面的新华书店。在书店还能做什么呢？自然只有不停地看书，那时候的书店并没有现在的书店人性化，虽然不至于有传说中的营业员的白眼，但是没有桌椅。然而我每每想起新华书店，不是后来父母说的我的文学修养形成之地，而是被狭窄的书架和冷硬的地板磕痛的屁股。

我在官巷口度过了近六年人生。

从走楼梯的时候被臆想中拐角突然出现的狼外婆吓到哭着飞奔到厨房，到后来拿着家里的菜铲雄赳赳气昂昂地去和院子里的男孩子堆雪人。从在爸爸做的还没脚踝高的铁皮筒子里被全院熊孩子围观着洗澡，到后来被妈妈拎着去隔壁公共澡堂洗三块一次的热水澡。那片狭窄又多姿的街区每一秒都给人带来新鲜感。白天小孩子们追逐打闹的呼喊和晚上邻里搓麻将时的热闹，每每想起便萦绕在我的脑海。直到现在，我买包子的店已经几经转手，我上学的公交已经消失，我一度视为修罗场的公共澡堂已经倒闭，然而这个墙门洞却以中流砥柱之姿在那片飞速变幻的城中心屹立不倒。任凭岁月变迁，它自岿然不动。

到现在，我偶然去地图上搜索了一下，发现那儿竟然已经成了杭州市历史文化街区之一，名为惠兴里建筑群。

好家伙，我住了那么多年，第一次知道它竟然有一个这么有底蕴的名字，哈哈。

后来我们终于有了自己的新房子，在景芳。

作为老杭州人，至少爸妈那一辈，搬到望江门之外的地方都算是一种历史的倒退，可拥有一个自己的厨房和有抽水马桶的厕所却又分明是一种人生的进步。在经历多年聚居后，我们终于有了一个自己的小家，生活似乎从未如此舒适和自在过，但这却苦了上学的我。

作为上了一个九年义务制学校的学生，免除了小升初的烦恼似乎是一种幸福，但搬家后让上学之路陡然多了一倍之多，却宛然成了一种试练。接下来的人生，我每天要花费三个小时来回倒六辆公交，忙到根本没空去观赏周围的风景。

以至于蓦然一回首，恍然发现那个刚搬来时还被爸妈戏称为城郊接合部的地方，竟似跟我们的评价较劲一般，悄摸摸地发展起来。

地铁通了，路面修宽了，曾经混乱的东站小商品市场被整修了，高架架了起来，远处写字楼、万象城和来福士拔地而起，连市政府都带着市民中心安到了几站路远的地方。

这片地方还有了一个新名字：钱江新城。

究竟是我们运气好，还是市中心真的在追着我们跑？这可真是个问题。

而我们很快就知道了，不是市中心在追着我们跑，是杭州的“宇宙中心”在追着我们跑，嘿！

景芳住了几年后，为了能享受更大的房子，我们搬到了萧山和滨江的交界处。

没有在滨江大开发的时候占一次先机应该是父辈心中永远的痛，然而我们很快就发现了住在那儿的好处。享受萧山青山绿水的同时，还能蹭遍滨江的利好。最时髦的玩意儿、最新的美食、最优质的人才，全都汇集在了那儿。

我们谈论的对象从西湖变成了钱塘江，从断桥变成了四桥，从自行车变成了汽车，从国企事业单位变成了阿里网易……人生的起起伏伏跟社会的变迁紧紧绑定在了一起，可我们却毫不自知，还在杭州给我们的土壤中努力向阳生长，越往上，看到的天空便越发宽广。

很快，我们拥有了一个新的小目标，住一个拥有电梯的房子。在跌宕起伏的楼市中，爸妈不再像滨江区开发时那样纠结观望，而是孤注一掷买下了未来科技城的房子，此时杭州“西部大开发”的传言沸沸扬扬，观望者有之，趋之若骛的则更多。

于是去年，我们又搬家了。

城西是过去的老杭州人想都不愿意想的地方，曾经的杭州“上下城，杭州人”的观念给了他们多少优越感，如今也只有在世界大势中低下了高贵的头颅。

如今我家的落地窗外还是一片不毛之地。不远处的欧美金融中心高楼耸立，如上海陆家嘴一般繁华时尚，显得我们眼前的地块越发寸土寸金，每一天从早上六点到半夜十二点，工地施工的声音几乎昼夜不停。

我时常站在窗前喝着咖啡，看着窗外的田野越来越少，逐渐被工棚和挖掘机们覆盖，电机的声音如此熟悉，恍惚间仿佛将我带回了过去。

在清泰门上幼儿园时，施工声不断，带来了四季青。在安吉路上小学时，施工声不断，带来了女装街。在景芳住时，施工声不断，带来了钱江新城。在萧山住时，施工声不断，带来了滨江高新区。

而现在，施工声依然没断，我已经看到了美好的未来。

“这富力中心也太过分了，一天天不停的，业主群在说要不要去投诉，我们要不要去？”妈妈下班回来，一边放包一边抱怨。

“算了吧，”我忍不住笑起来，“从小听到大的，我都习惯了。“

“那也不能……”

“反正归根结底，是好事呀。”

继续长大吧，杭州，像我一样。

2021年8月9日

疯丢子，1990年生，浙江杭州人。网络作家。著有长篇小说《战起1938》《生化！星际外援》《同学两亿岁》《百年家书》等。

古今

在拱宸桥上

/

陆春祥

我已经在拱宸桥畔的运河边住了整整二十年。

在拱宸桥上，我曾无数次伫立四望而遐想。今夜，月光如桥下的流水般明亮，万千条柔嫩柳枝轻撩着夜的河面，柳枝调皮地深入河的身体，河水则无声浸润着柳枝，它们默契得如三生三世的情侣，它们以时令为暗语，相偎相依。春风骀荡，轻拂我脸，浓郁的春香，让人心驰神迷，喧闹的人声已不能打扰我。此刻，我详细打量着拱宸桥的东西南北，二十年来，从来没有这般仔细。月光与流水默默做伴，我则要接天接地接时空，与拱宸桥作长长的对语。

一

朝南望，前方慢悠悠驶来一艘船，船头挺立着一位意气风发的年轻官人。

明万历六年（1578）4月，江南旺盛的春已近尾声，32岁的浙江临海读书人王士性，早已将一切行李收拾停当，即将北上任职。此前一年，他终于金榜题名，被授予河南确山县知县。对山水历史人文痴迷的王士性，从临海出发，经宁海、奉化，穿宁波，过绍兴，这就到了杭州。观景，吟诗，喝酒，待将欣赏杭州主要美景的瘾头过足，王士性便一身惬意从武林门上了船，沿运河一路向北而来，他将要一展宏图。

船过湖墅，他站立船头四望，运河两岸繁荣的场景让其感叹：

> 杭城北湖州市，南浙江驿，咸延袤十里，井屋鳞次，烟火数十万家，非独城中居民也。又如宁绍人什七在外，不知何以生齿繁多如此。而河北郡邑乃有数十里无聚落，即一邑之众，尚不及杭城南北市驿之半者，岂天运地脉旋转有时，盛衰不能相一耶？

与自然地理学家徐霞客齐名的人文地理学家王士性，他的观察中，自然多了一分思考：杭州城北，湖墅这地方，方圆二十里，为什么如此繁荣呢？原来，这里是京杭大运河的终点，南宋时就称为湖州市或者湖市，是杭州重要的商业区。据南宋吴自牧《梦粱录》载，当时公私船只泊于城北众多，北关、半道红、湖墅、江涨桥等地，码头鳞次栉比。两岸居民屋舍稠叠，码头边市舶舣聚，河中来往船只穿梭不停。王士性望着这满河满岸的喧闹，记忆深刻，将其写在《广志绎》卷四《江南诸省》的浙江篇章中。

三千里外一条水，这水就是杭州繁荣的运河。白居易、苏东坡、日本的成寻和尚、意大利的马可波罗，这些古代中外名人是如何到杭州来的？一定是在运河船桨的欸乃声中坐船到达。

1072年四月，日本和尚成寻（1011—1081），渡过宽阔东海的惊涛海浪到了北宋的明州，他要去天台山、五台山参圣，经越州抵萧山，停泊一夜。十三日下午未时前后，成寻他们的船，就泊在了杭州的码头：

> 津屋皆瓦葺，楼门相交。海面方叠石高一丈许，长十余町许，及江口，河左右同前，大桥亘河，如日本宇治桥，卖买大小船，不知其数。……入河十町许，桥下留船，河左右家皆瓦葺，无隙，并造庄严。大船不可尽数。

运河人家

杭州初次给成寻的印象，是城中尽是河，河中尽是大船，河中的船与岸上的屋皆华丽雄伟，真是一个国际大城市啊！成寻对杭州所见，频频感叹。

其实，王士性看到的湖墅繁荣，已延续了近千年。繁荣因水而兴，它起始于隋朝凿通的大运河。千里大运河，直抵杭州城北，后又与钱塘江沟通，杭州就成了连通中国五大水系的大运河的起点。

运河杭州段虽只有39千米，却使杭州成为了东南名郡，而杭州城北的湖墅运河，短短的12千米，却“南通闽越，西跨豫章，北连吴会，为往来孔道”。（清代《北新关志》）在大运河的版图上，湖墅虽是一个小黑圆点，不过如前述，我们不能小看这小圆点。南通，西跨，北连，四境之百货汇集于此，八方之商贾辐辏于此。能汇集，就能散发，这个圆点其实是中国版图上的一个重要枢纽。再打一个比方，大运河犹如一台精彩的大戏，杭州湖墅就是用来压轴的关键，最后的高潮收尾处。

回到南宋作家周密笔下繁华的杭州城。

1270年前后的杭州城，户籍人数达186330户，总人口接近100万，差不多是世界上最大的城市了。《武林旧事》中，清河郡王家高规格接待宋高宗的那一场盛大的宴会，让人瞠目。文字不仅列举了席间的200多种菜肴，而且连上菜的顺序也记下来了。其中的41道菜是用鱼、虾、蜗牛、猪、鹅、鸭、羊、鸽的肉做成的，烹调手法则有煎、烤、炸、煮等。另有42道菜为水果和蜜饯，20道菜为蔬菜，9道菜为各种材料熬成的不同粥品，29道菜为干鱼，还有17种饮料，19种糕饼，59种点心。一个简单的问题是，这百万人口，吃的东西从哪里来？除了官家府第有俸米可食外，全城百姓每日需米不下2000石，这些苏、湖、常、秀、淮、广等处运来的米，都要到湖墅的各码头卸下。彼时，湖墅的米船早晚不绝，米市桥至江涨桥一带，则全是米行。南宋杭州有谚："东门菜，西门水，南门柴，北门米。"这"北门米"，就是繁盛的湖墅米市。

我开车去体育场路的报社上班，常走湖墅路这条线，信义坊、卖鱼桥、仓基新村、米市巷、半道红、密渡桥、富义仓，每当看见这些与运河有关的地名，就会不由自主闪身到千年前繁忙的场景中去。

二

眼光再往历史的深处探望，我看到了陆游。

南宋的时候，临安城北的湖墅，统称北郭，也叫北关。

乾道六年（1170）闰五月十八，江南的六月天，酷暑的前奏，闷热交加。傍晚时分，陆游率着一大家子从山阴老家开始了漫漫的入蜀行程，他要去夔州任通判，第二日夜入住萧山县的梦笔驿。次日四更时分，船夫解开缆绳，船就往钱塘江的西兴渡口进发。天亮了，好天气，江平无波，顺利过江，到达京城临安。在仙林寺喝过茶，陆游直接从运河里坐船出北关，干吗呢？他急着去见大哥陆淞。

接下来的十天时间里，陆游一直在京城逗留。八年没来了，朋友也多，都需要走一走，会一会。大哥家住了四天，叶梦锡侍郎请喝酒，国子监芮国器监官请喝酒，族兄陆仲高、著作郎詹道子、编修张叔潜陪同，和仲高同游西湖，逛寺庙，检正（宰官，督中书门下诸房吏人公事）[①]沈持请喝酒，太常寺少卿赵德庄陪同。

此后的数十年里，陆游几次到京城任职。北郭，是他常来的地方，有诗为证：

> 北郭那辞十里遥，上车且用慰无聊。九衢浩浩市声合，四野酣酣雪意骄。清镜新磨临绿浦，长虹横绝

① 编者注：检正，宋代官职员，是辅佐宰相处理公务的人。

度朱桥。归来熟睡明方起，卧听邻墙趁早朝。

（《访客至北门抵暮乃归》）

本诗作于嘉泰二年（1202）冬，陆游以78岁的高龄，最后一次到京城任史官。从诗句看，北郭是能让他心安的地方，仅十里，实在不远，路上看会儿风景打个盹就到了。现实不如意，他那久埋心中的复国抗金理想，几无实现的可能，而北郭这里，四季皆有好景。大雪过后的冬日，四野皆白，使他心旷神怡。或者，春风吹绿的三月，春意勃发，在运河的桥上徜徉，看熙熙攘攘的街市与行人，烦恼一时抛却。景看饱，话聊透，酒喝足，夜幕四合时才抵家。不过，年纪不饶人，真有些累了，睡得好啊，一夜到天明。年轻的小儿尚拥衾未起，在隔壁的呼噜声中，他已神清气爽前往上班的路上！

陆游初官时，他将自己狭长的屋子称为“烟艇”，好朋友周必大就住在他边上。这周必大，后来官做得挺大。周必大的一则日记说，乾道八年（1172），“丙辰黎明……径北关，杭一苇，疾驰三十里，至赤岸、高（皋）亭峰，登岸百余步候馆……”（《乾道壬寅南归录》）。周必大这一大早，坐着小船（杭一苇）直接出了北关，赶三十里，到赤岸候馆。这个馆就是南宋接待外国使者的班荆馆。原来，他是有接待任务。彼时，辽、金、夏及海外日本诸国的使臣要见皇帝，都要先来这里候着等约见。

时光荏苒，明代时，杭州北关如人身体上的重要动脉一样变得越来越重要。在这里，直隶、山东、河南、安徽、苏北的棉花、枣梨、豆货等要南下，江浙一带的丝绸、棉布、茶叶、瓷器、纸张、铁器等各种手工业品要北上。这样的好地方，统治者自然关注了，他们要在此截金。明朝宣德四年（1429），户部在北新桥附近设立钞关，运河上过往运输船只，均收取料钞，因有北新桥，此关就称作北新关，为全国八大税关之一。来往的船只，给北新关带来的税金源源不断，万历后期已达税银五万两。至清康熙年间，税金超十万两。而且，北新关下还设若干分关，二十余处稽查分口，所征税额，在当时全国二十五个收税关口中高居第五。

北新关，现在是青莎公园，只能看到一块碑，但逝去的流水，可以见证它曾经的繁荣。光绪《杭州府志》载，清时，北新关除主持工作的主事外，共有管事、巡捕、经制书、稿房、缮册书单查数、总甲、守栅、唱筹捞筹、更夫、防兵、巡役各类工作人员127名。我估摸着，这相当于一个很庞大的处级海关。

青莎公园，陈从周的故居也在这里。他是当代著名的古建筑学家、园林艺术家。这里原来叫青莎镇散花滩。散花滩的“滩”就是河边，那“散花”是什么？莫不是花的集合概念？春季，河畔各种野花竞相盛开，而秋季的运河边，河水拍岸，岸边芦苇随微风摇曳。我的猜想，是按现在看到青莎古镇生发出来的想象。不过，1918年出生的陈从周，他自己的文章却是这样回忆：散花滩又名仓基上，可能南宋时为藏粮之处，四面环水，有三座桥通市上。原来的散花滩，却是运河边的一个小小岛。少年的陈从周，伫立河边，看着汤汤远去的河水。他知道，他的祖父，当年从绍兴挑了一担土货，徒步到这里才安下了家。

北新关、散花滩、青莎公园，早已演变成了运河边大片青绿的公园。北新关遗址碑旁，是我每日走运河的折返点。和这里的花草、青树、石头打过招呼后，再看一眼运河水，我又朝着拱宸桥的方向，快速返回。

三

月光将我从幽暗的历史钩沉中拉回。

耳旁响起高跟鞋触到青石板的橐橐声，一下一下，沉重有力。我担心，穿那样的鞋行走拱宸桥，容易跌倒。我知道，桥上的青石板，都有饱经沧桑老人般宽大的胸怀，不会计较那些鞋的不礼貌敲击。现在，我从朝南方向转身，向北眺望。

右前方，杭州师范大学附属第二医院（简称“市二”），一个大大的院子，里面有三幢别致的红楼。从那三座楼，一直到我住的左岸花园，原浙江麻纺厂地段，皆有着沉痛的历史。

1894年9月17日下午的黄海大东沟海域，日本联合舰队与清政府花数百万两白银打造起来的北洋水师激烈交战。号称“亚洲第一”的北洋水师，遭受灭顶打击，清政府被迫签订了屈辱的《马关条约》。条约的第六款中有在“浙江省杭州府开设通商口岸”的字样，杭州一时陷入恐慌与愤怒。城北的拱宸桥一带随后就成了英、美、意等国的公共通商场与日租界，范围大致为：南自今日登云桥，北至瓦窑头河，西至运河，东至红建河至湖州街。这片区域直三里，横约二里。

杭州关税务司署，时称“洋关”，就在市二院子中，它是日本人在拱宸桥附近、运河边设立的检查机构。此关与其他口岸的海关一样，以税务司为首的洋员掌握了一切大权，重要职位全为洋员占据。洋关由A楼（税务司）、B楼（海关办事处）、C楼（帮办人员住宅）、D楼（码头检货厂）等组成，占地两千余平方。我们现在能看到ABC三幢红颜色的楼，显眼得很。红楼好看，但一般人不知道这另类的建筑却饱含着民族的耻辱。从1896年5月设关开始，一直到1945年8月民国政府接收海关止，拱宸桥的日租界，实际存在时间长达整整五十年。

宇野哲人，近代日本新儒家学派代表人，汉学家。他年轻时曾游历中国两年，到过拱宸桥，留下这样的文字：

> 拱宸桥在杭州城北大略二里处，乃往来沪杭及苏杭船只之集散所。其内除中国街之外，有各国租界，而我日人专管租界在河之下游。同于苏州，此租界亦为二十七八年战役（中日甲午战争）后获得之成果。
>
> （宇野哲人《中国文明记》）

宇野哲人的描写虽平实，却不乏炫耀心态。

抗战烽火烧到江南。1937年11月22日，丰子恺开始了长达十年行跨十余省的艺术逃难。当夜，他偕家人从老家石门湾坐船至拱宸桥下，无奈将心血之作《漫画日本侵华史》草稿扔进运河里。他在《艺术的逃难》中这样写道：

> 似乎一拳打在我的心上，疼痛不已。我从来没有

抛弃过自己的画稿。这曾经我几番的考证，几番的构图，几番的推敲，不知道堆积着多少心血，如今尽付东流了！但愿它顺流而东，流到我的故乡，生根在缘缘堂畔的木场桥边，一部分化作无数鱼雷，驱逐一切妖魔；一部分开作无数自由花，重新妆点江南的佳丽。

我住了二十年的左岸花园，就在日租界的中心位置。

小区有东南西北四个出口。新冠疫情期间，除南大门外，只有北门开放，北门连着瓦窑头河，运河的支流。我和三岁的孙女瑞瑞常去瓦窑头河边看那只白鹭。大部分时间，那只白鹭都在河对岸的水边伫立，偶尔盯着河边，来往移几步。它的对面，每天都会有不少“垂纶者”（瑞瑞会背胡令能的诗，将“钓鱼”喊作“垂纶”），白鹭与“垂纶者”们，互不打扰，各自安详。

我们坐在椅子上，头上有新柳垂下，瑞瑞抬头，喊它“绿丝绦”。柳条一天天变粗，也变得越来越柔软，瑞瑞常要去抚摸。贺知章的《咏柳》她很熟了，路边所有的新叶，她都叫“二月春风似剪刀”。经过一块牌子，瑞瑞问：“这是什么？”她问了，我就得解释，尽管她不懂。我说：“这河叫瓦窑头河，这里原来是浙江麻纺厂的厂址。”瑞瑞不再问了，我脑子里却想起这个“亚洲第一”的浙麻，上世纪五十年代，浙麻上缴国家利税要占杭州财政的八分之一。浙麻地块2000年拍卖的时候，曾在杭州引起轰动。所以，左岸花园跟着浙麻就出了名。

这里的历史再往前想，不想了，它就是宇野哲人笔下的租界。瑞瑞，我们再向前走吧，走到红建河边湖州街口再折返。

四

这种回忆，让人心中有些发疼，脚心生凉。

忽听得拱宸桥东面广场音乐骤响。数千人聚集，大伯大妈们广场舞的此起彼伏，迅速盖过了我的暗自悲伤。我又转身，面朝东，左边是拱墅区政府大楼，右前方为运河博物馆，底楼为大型生活超市，我常去。右边那座叫“荣华戏院”的戏楼，那里面传出高亢的唱腔，似乎要直抵云霄。

与香港的开埠一样，本以为有些荒凉的拱宸桥边，一下子涌进了许多淘金者。1895年，天仙茶园在众人注目的眼神中开张。十来年后，拱宸桥东已有了天仙、荣华、丹桂等著名茶园。1908年5月，江南渐热的天气中，英国人斯蒂文森来了，他一看这热闹的码头，来来往往的商船，立即决定，他也开一家茶园。他似乎谙熟中国文化，将茶楼取名“阳春外国茶园”。这斯氏，到底见过世面，脑子活络，茶楼开张时，动静颇大，留声机高声唱起来，本国美女艳舞跳起来，最关键的是，他将刚发明不久的电影引进，人在银幕上跑来跑去，影像活灵活现。据说，杭州人竞相涌向拱宸桥，万人空了巷。阳春茶园成了浙江第一场电影的首映地。

说是茶楼，主要吸引人的却是唱戏，戏是茶楼的经济主命脉，各茶楼都使出浑身解数，邀请名角。名角的唱腔响起，茶客自然脚不跕地跑来。

唱腔最先起自谭鑫培浑厚的高音。

谭鑫培的父亲是京剧老旦。艺名“小叫天”的少年谭，11岁随父亲进京，15岁出科，光绪十年（1884），谭自组同春班，六年后，被清廷选为内廷升平署民籍教习，在宫中演戏。至二十世纪初，谭已经成为京剧界最著名的演员之一，时有“无腔不学谭”“满城争说叫天儿”之美誉。光绪三十年（1904），谭大家到杭州献艺，地点就在拱宸桥畔的阳春茶园、天仙楼，《定军山》《空城计》《李陵碑》《秦琼卖马》，杭州人一场场戏看得过瘾，茶楼老板的银子如桥下的运河水不动声色汩汩而来。

拱宸桥边茶楼的好戏接连不断上演。

谭鑫培杭州献艺后的两年，“红生鼻祖”王鸿寿也来了。“红生”是谁？就是常以勾红脸为主角的演员。舞台上“红生”其实不多，关羽、赵匡胤、常遇春、徐达等都是，最著名的当然是关羽了。王鸿寿塑造的关公形象，英勇而儒雅，刚毅兼肃穆。某天，天仙茶园，王鸿寿演出空隙，看七龄童周信芳的演出，一看就停不下来。到底是行家，眼光毒。在王鸿寿眼里，这小家伙不简单，功底扎实，是棵唱戏的好苗，立即有意收他为徒，这自然是佳事一桩。接着，王鸿寿与周信芳师徒俩的合作戏，在天仙茶园同台惊艳亮相。此后，师徒俩关系紧密。戏剧界都这样认为，麒麟童周信芳后来成为大师，与老师王鸿寿的指导是分不开的。

与谭鑫培、汪桂芬合称老生“新三杰”的著名京剧老生孙菊仙，梆子腔花旦鼻祖“十三旦”侯俊山，被称为“中国第一戏剧改良家”“梨园编剧第一能手”的汪笑侬，越剧名角姚水娟、筱丹桂、袁雪芬等名家大角，都在拱宸桥畔天仙茶园、丹桂茶园的舞台上耀眼登场过。

还有一个励志故事曾在茶园演绎。

有个叫张英杰的少年，十四岁时来天仙茶园唱戏。彼时，“小叫天”谭鑫培正在此被人捧着。张少年十分仰慕谭大家啊，他想，何不将自己的艺名取为“小小叫天”？没想到，这艺名被人讽刺得厉害。张少年极难过，但他哪里肯服输，大师就不可以超越吗？索性来个“盖叫天”！想来，“没有金刚钻，不揽瓷器活”。少年盖叫天在天仙茶园来了个惊艳的亮相，四天演四个完全不同的角色：第一日是《天水关》中的老生诸葛亮，第二日为《翠屏山》中的武生石秀，第三日乃《断太后》中的老旦李太后，第四日居然是《十八扯》中的花旦孔凤英。结果大家都知道的，盖叫天演技确实了得，十四岁的少年，一炮走红，后来被称为“江南第一武生”。盖叫天这四场演出，自然轰动了拱宸桥。谭大师很好奇，他认真观摩后这样评价张少年：除了唱功，盖叫天确实盖过了自己！

我去西湖风景区赵公堤旁，看燕南寄庐（“燕南”是张英杰的号），它是盖叫天故居。白墙青瓦内，是盖叫天的艺术人生形象展示。“燕北真好汉，江南活武松。”对联中间是盖叫天演武松的艺术画，黄宾虹手书“学到老”做横批。田汉手赠盖叫天姓名嵌字楹联，对其艺术人生做了精准的概括：英名盖世三岔口，杰作惊天十字坡。徜徉在盖叫天故居，我似乎又看到了拱宸桥边舞台上那个英姿逼人的少年张英杰。

五

明月从高空似乎向桥上有些移动过来，东边广场上的人流渐渐少下去了。由南，到北，再往东，我的眼光从荣华戏院收过，开始注视脚下的拱宸桥，这是一座什么样的桥呢？

这座杭州市现存最宏伟的古石拱桥，关于它的建筑年代有几种观点，皆各有依据：其 ，明末商人夏木江倡建（据康熙《杭州府志》）；其二，明末举人祝华封倡议并募资集建（据康熙《钱塘县志》）；其三，张士诚开新运河至此，水流湍急，遂建桥以平缓水流（民间传说）。

不管什么人建的桥，总之，作为运河上的一座重要桥梁，“拱宸桥”这三个字在明崇祯四年（1631）开始出现了。它具体的寓意呢？“拱”即两手相拱呈弧形恭敬迎接，自然也有拱卫围绕之意，“宸”乃帝王宫殿，京杭大运河杭州终点的这一座石拱桥，随时恭迎圣驾，谁敢说不好？然而拱宸桥，名拱宸，命运却是多舛，它曾不停地毁建。顺治八年（1651），桥塌。康熙五十三年（1714），浙江布政使段志熙倡议，僧慧辂募款重建，六年后竣工。不久，桥又出现裂缝，渐至坍塌。雍正四年（1726），浙江巡抚兼两浙盐政使李卫，率官员捐俸重建。次年，桥修成，刚升任浙江总督不久的李卫，还写下《重建拱宸桥记》加以说明。咸丰以后，历经战火的拱宸桥又坍毁。光绪十一年（1885），杭州人丁丙主持重建。

说起这个丁丙，又是一篇大文章。

浙江钱塘的丁氏家族多藏书。丁氏“八千卷楼”为清末全国四大藏书楼之一，藏书20万卷以上，宋元及明清刻本等善本就有2000多种。丁丙与兄丁申冒死救书的故事，令人感动。清咸丰十年（1860），太平军在杭州与清军激烈交战，西湖文澜阁《四库全书》在战乱中散佚，丁丙兄弟俩，将残存的一万多卷《四库全书》偷运至上海保管。二十年后，文澜阁重建，丁丙将所得之书送入珍藏，并多方搜集补抄。又八年后，文澜阁《四库全书》基本恢复原貌，丁丙作出重大贡献。丁丙不仅是藏书家，还是学者与诗人，他整理与刊印出版了杭州许多地方文献，比如《武林往哲遗著》96册，另外有笔记及诗作《庚辛泣杭录》《武林坊巷志》《于公祠墓录》《北郭诗帐》《北隅缀录》等，还与兄丁申合作编辑《武林掌故丛编》26集208册。

丁丙修桥，他自己留下的记录不多。我只知道，我现在每天走过的拱宸桥，就是他1885年主持修建的：桥长二十一丈四尺，广一丈三尺，桥下三洞，中洞广四丈六尺，左右洞广二丈六尺。

从桥东到桥西，七十几米长的桥，虽是拱桥，有一定的弧度，但走上走下，要不了两分钟，如果跑上跑下，一般人也就用十秒左右。几百年来，来来往往的人们，不太会去打探桥是如何建造起来的，拱宸桥只是他们脚下的渡河工具，甚至工具也谈不上，只是平常的地与地的连接而已。四米多的桥面，首尾相接，也站不下十个人，如果现今行车，也只能是单行通道。桥上的人们，顶多伫立一会儿，朝南面看看，南来的行船钻过桥下的中洞。或者，再转个身，朝北面看看北来的行船钻过桥下的中洞。懵懂的孩子有时会惊呼，因为他们发现了移动的船舷边，有黄狗仰头在和他们打招呼。

然而，正因为持久的平常，普通的拱宸桥才从交通要道、地理坐标，演变成了今日意义之博大与凝重。北郭，北关，湖墅；愤怒，悲伤，疼痛；热闹，繁荣，富庶。拱宸桥就是由无数个关键词垒叠铸就的大名词，响亮而丰厚。京杭大运河杭州终点标记拱宸桥，已经成为杭州城北千年历史总承载的重要印记。

六

这一夜，我和拱宸桥相看两不厌，上下古今，聊得好畅快。

夜已深，披着月色回家。

又是一个春草勃发的日子。我和瑞瑞站在运河边，大声诵读“暮春者，春服既成——咏而归”。柳枝随风婀娜拂动，白鹭时而横江。

前方就是拱宸桥，宸宸（杭州亚运会吉祥物）正在桥上四周腾跃而举手，向来往行人热忱招呼。有大白游轮穿过中洞，大鸣数声，长风破浪，向我们突突突而来。

2022年4月

陆春祥，1961年生，浙江桐庐人。作家、中国散文学会副会长，鲁迅文学奖获得者。有散文随笔集《病了的字母》《太平里的广记》《字字锦》，历史人物传记《天地放翁——陆游传》，文化史笔记《夷坚志新说》等。

消失的皇宫

/

周华诚

杭州最可驰骋想象的地界，在凤凰山。

宋室南渡，于1138年定都临安，杭州自此成为全国政治、文化、经济的中心。虽然皇帝仍把临安当作临时驻驾之地，但终南宋的152年中，并没有哪一个皇帝真正离开这里，临安成了南宋王朝事实上的国都。渐渐地，人们也不再把临安称为“行都”，而称为“京城”。

在杭州历史上空前绝后、规模恢宏的南宋皇宫，便建在凤凰山上。

当时光如云烟漫卷数百年之后，一切都已不复存在。今日我们双脚踏上林木葱茏的凤凰山时，再也不见辉煌的琉璃宫殿、精美的亭台楼阁，即便更费心地寻找，也没法看出当年这里有哪怕一丝皇家气象。而凤凰山脚民房低矮、电线杂陈，所有的居民过着平实平价的烟火日子，他们脸上波澜不惊，仿佛这里的一切已然被疾驰的都市生活所遗忘。

一

宋高宗决定在凤凰山修建行宫时，那里是杭州的一个天然大鸟窝，林木蓊然，鸦以千万。虽然那里曾是旧时钱王宫，在那之前的500年间，历朝历代修建了庞大的古建筑群，但近十年间的几次劫难，又让那里成了一片废墟。破坏最厉害的一次，是1129年金兵入杭，次年金兀术从杭州退兵，纵火城中，烧了三天三夜烟焰不绝，掠走了大量金帛和美女。金人焚荡之余，大批前朝留下的宏丽建筑和精美园林，化为乌有。

可凤凰山地形多好呀！登到山顶，举目四望，钱塘江在前，征帆点点，远山绰约；西湖在后，波光山影，柳堤烟树；东望城郭，西眺群峰：杭州的山川江湖美景，尽收眼底了。这样的天然形胜、辉煌过往，不得不使宋高宗也对它一见钟情。

宋金议和之后，南宋获得了喘息机会，也使修建皇城有了条件。此后历代皇帝不断改建扩建，持续100多年建设，在凤凰山东麓形成了一座方圆九里、巍峨辉煌的宫殿群组。

这些建筑到底有多么精美、规模有多么宏大，我们只

南宋皇城

能从前人的文字中去猜度了——门19座，其中皇城门4座，水门2座；殿30座，其中正朝区中2座，后宫视事殿2座，皇后、太后居殿5座；堂33座，斋4座，楼7座，亭19座……

周密原来是南宋的官员，曾任临安府、两浙转运司幕职，义乌县知县。南宋被元军占领后，周密不愿意做元朝的官，于是隐居临安，把前朝的种种事物记录下来。皇宫的规模，便记在他的《武林旧事》中。

二

我们沿着凤凰山脚下的路，乘出租车到笤帚湾——这一片地方现在依然是成片低矮的老房子，巷路狭窄，老人眯着眼睛靠着墙边晒太阳，藤椅跟她们的年岁一样长，摇摇晃晃而终于仍没有倒下。巷子里的大树，伸进了屋墙中继续生长，各自相安无事。巷子尽头是菜地，穿着花睡衣的妇女深一脚浅一脚到菜园子里摘菜，头顶的电线上却晾晒着花花绿绿的衣裳。

这就是皇城根下。如果没有手中这张皇城遗迹的手绘地图，你根本不会想到这里跟皇宫会有任何关系。如果不是有意识地寻访，又有谁会把不远处的梵天寺遗址、寺前巨大的老樟树、树下一人一狗，跟前朝往事联想到一起呢？

笤帚湾，是一个长长的湾——这个山湾开阔深幽，处在将台山与凤凰山之间。沿着湾一直往里行走，踩着满地落叶的石阶登包家山、西荣山、将台山、凤凰山……连山名都分不清了，山体也分不清，都连绵在一起。在这样一个丛林莽莽的山野，到底哪里是皇宫，哪里是宫墙所在，实在也是难以厘清。

好在，还有资料可以查证。事实上，由于宋宫地面建筑已经荡然无存，依靠各书记载并对照《咸淳临安志》中的《皇城图》，只能寻找出一个大致的轮廓来。今天的专家们比较认同的观点是：皇城的南宫墙，约在今天的宋城路、笤帚湾一线；皇城的北宫墙，约在万松岭路以北，凤山门旧址与凤山水门一线，距离北面的六部桥约60米；西宫墙，沿凤凰山、九华山蜿蜒升降；东宫墙则在中河两岸。

此刻，我们便是从皇宫的南面，沿着皇城的边缘一带行走。

整座南宋皇城，与建在平陆的西安唐皇城、开封北宋皇城、北京明清皇城不同，不是一个端正平整的矩形，而是一个西高东低的不规则方形。宫墙高约三丈，西边沿山蛇行，高出南、东、北三边。

不难设想，当年站在江边向凤凰山眺望，将见到何等非凡的景象：一带红墙围绕，金顶碧瓦相映，依山而建的殿宇层层上升，飞檐画栋，金碧辉煌。入夜，“珠光宝焰烛山河”。

今天的世界各大都会，当时还沉浸在一片蒙昧的幽暗之中，只有杭州的南宋皇城，灯火映彻碧空，映亮了世界的东方。

三

可以设想的是，如果这座皇宫能留下来——甚至哪怕留下一部分——对于今天的杭州，都是一笔多么可观的遗产。

可历史无法逆转。

13世纪，蒙古军横扫欧亚各国，可谓战无不胜，只有南宋顽强地与蒙古打了半个世纪的仗。1276年正月，蒙古军终于兵围临安，游骑直至余杭门下，城内大臣纷纷逃遁。无奈之下，南宋只有投降。二月初，年幼的恭帝率文武百官在祥曦殿内，面北朝拜，向大都元王朝行降礼，乞求成为它的一个藩属。三月，元军统帅、丞相伯颜部入城，并押送南宋末代皇帝等皇族成员，离开他们的国都，结束了他们在此安享富贵的生活。南宋皇族踏上了北上大都、归为降臣的漫长征程。

俘虏们乘船离开临安时，吴山渐远，凤凰山上的故宫依旧，却已换了主人。前途渺茫，繁华如梦，南宋王朝宣告灭亡。

此后，文天祥、张世杰、陆秀夫等人虽分拥恭帝的两个兄弟为帝，在福建、广东一带武装抗元，终难挽既倒之狂澜。1279年经厓山海战后彻底失败，丞相陆秀夫背负幼帝昺投海自尽。

皇宫虽然易主，然其被毁，却是因一场神秘的大火。

宋亡的第二年，“民间失火，飞及宫室，焚毁过半”。到底是什么样的大火，能将宋宫焚毁过半呢？宋宫四周并无民居，全是朝廷重要机关，一直要向北过了太庙，才有民居和店铺。而太庙之东是中河，有河道阻隔，东岸即使失火也不致烧到河西。民间失火，更要越过三丈高的皇城城墙，才能烧到宫室殿宇。

最让人觉得不可思议的是，当时的作家和书稿，并无一处说及这次神秘的大火；所有宋宫怀古诗中，也全无相关的记述与暗示。

这场突然而起的大火，终使杭州历史上的空前杰作化为灰烬。然而，这一把火却为元朝统治者一举消除了心病——对于仍然负隅抵抗的南宋残余武装力量而言，皇宫被毁的打击无疑是巨大的。但焚毁过后仍然留下的一小部分，仍然不能让元朝统治者安枕，于是有了“后十年”的事。

1277年，西僧杨琏真迦来杭，因受宠于忽必烈，当了江南释教总摄，相当于江南佛教的总管，他在宋宫遗址上造起了五座佛寺。

次年，杨琏真伽又组织人马，赶赴绍兴，盗发了南宋帝后六陵，以取殉葬的珍宝，将挖出的各帝后残骸运回杭州，与牛羊骨掺杂在一起，埋在福宁殿前的馒头山上，上建一塔，取名“镇南塔”（又名“白塔”），“以消王气”。而造塔用的石料，多就地取材，劫后残存的一小半皇城建筑，都与进士题名碑、诸样雕花石板一起，做了修建白塔的现成材料。

从火烧宋宫，到在残基上建五座佛寺，到盗发六陵，到建塔“镇南”，环环紧扣，步步深入，无不以彻底摧毁南宋王朝的地面建筑，进而消灭南宋“王气”即民族精神为目的。白塔的建成，便是这一历时八年、精心策划的巨大阴谋的最终完成。

四

而盗墓者杨琏真伽何许人也？——元朝臭名昭著的番僧。杨髡、真伽，是同一人，又写作杨琏真加、杨辇真珈。

杨琏真伽盗发宋六陵，不仅成了南宋的损失、杭州的损失，更是我们国家文化历史的损失。作为江南唯一的一座皇家陵园，宋六陵埋葬着南宋九个皇帝中的六个。宋六陵之所以取名为“攒宫”，是因为南宋的君主们原先并不准备就这么心甘情愿地永久安息在江南，本打算浮土浅藏，有朝一日收复中原后再一并归葬巩县的北宋祖陵。但苟安一隅的南宋王朝，以国破山河碎的结局告终，诸帝遗骨非但未能如愿返归祖茔，反而在亡国后不久就遭到了强人的浩劫凌辱，陵园毁于一旦。

《辍耕录》和《癸辛杂识》记载了当时的盗掘经过。理宗在位三十年，死后随葬财宝特别多。在撬开理宗的棺材时，有一股白色的气体冒散出来。理宗的尸体保存完好，栩栩如生，珠光宝气缭绕其身。棺底铺垫织棉，尸体用金丝网罩包盖着。歹徒将棺中宝物尽数取走后，又把理宗的尸体倒悬，撬出含在口里的夜明珠，沥取注入腹中的水银。

这次对南宋陵地的大洗劫，掠去随葬的金银珠宝不计其数。杨琏真伽还把统治宋朝时间最长的皇帝宋理宗的头给截了去。此头下落，据《明史》卷二八五：

> 夏人杨辇真珈……以示厌胜，又截理宗颅骨为饮器。真珈败，其资皆籍于官，颅骨亦入宣政院，以赐所谓帝师者。素（作者注：危素，元末明初历史学家。）在翰林时，宴见，备言始末。帝（作者注：朱元璋。）叹息良久……

前朝皇帝身后不但皇陵不保，其头颅还做了器具，朱元璋听了也未免兔死狐悲，“叹息良久”。实际上正史上说宋理宗的头做了“饮器”，还有点为尊者讳的意思，据张岱的《夜航船》卷二记载：

> 元妖僧杨琏真伽发诸陵，唐珏潜收陵骨，瘗于兰亭山之冬青树下，陵骨得以无恙，独理宗头大如斗，不敢更换，元人取作溺器。我太祖（作者注：朱元璋。）得之沙漠，复归本陵，有石碑记其事。

五

又过了约一百年，五座佛寺先后被火焚毁，白塔被雷击塌，后被人拆除。

南宋灭亡距今七百余年，作为杭州历史上最伟大的建筑群南宋皇宫，就已完全从人们的视野里消失，及至无迹可寻，令人嘘叹不已。从这一点上看，历史的残酷和吊诡远超常人想象。

如今，杭州依然繁华，凤凰山耸立无言，昔日的巍峨宫殿早已是过眼烟云。我们攀登这座山，搜寻圣果寺遗址以及阿弥陀佛、观世音、大势至三尊大型石壁佛像等遗迹。回望西湖的千年风云，追忆南宋王朝一百五十余年的辉煌与衰亡，使人无限感慨。

写于2010年

周华诚，1979年生，浙江衢州人。作家、媒体人。有长篇小说《没人知道你在寻找什么》，散文集《春山慢》《寻花帖》《廿四声》等。

西湖双骄

/

劳　军

柔美的西湖，却偏偏与众多英雄为伍。

岳飞，自不待说。“三十功名尘与土，八千里路云和月。”尽管他的直捣黄龙府，与诸君痛饮耳”的理想最终没能实现，但是，那座俯瞰西湖的岳庙，给人们留下了“正邪自古同冰炭，毁誉于今判伪真”的千古咏叹！

于谦墓，在西湖的另一侧。这个土生土长的杭州人，在明正统年间，领导了那场名垂青史的“京师保卫战”，一举打退了瓦剌进犯。社稷保住了，生民免遭涂炭，而他，却被复辟的英宗“坐以谋反，处极刑。”

“赖有岳于双少保，人间始觉重西湖。”的确如此，今天的于谦祠码头上，巍然耸立着一座石牌坊，上书：丹心托月。这四个字是由我的老领导、前人民日报社社长邵华泽书丹。邵社长，是业界公认的书法大家。他的字，给我的总体印象是秀巧圆柔，而这几个字却笔力劲挺，透着凛凛豪气。邵老在书写这几个字时，一定有一股激情在胸中激荡。

“西湖群山埋英骨，万古忠义仰三雄！”这第三雄，指的是抗清英雄张煌言。其实，在众多英雄中，我个人认为，张煌言最值得一书——他将男儿的血性挥洒到了极致。山河陆沉，只剩下他这支孤军。一次次失败，一次次奋起；再失败，再奋起……连他的敌手，也被折服，诱以高官厚禄。然而，他的回答是：“功名富贵，早等之浮云；成败利钝，且听之天命。宁为文文山，不为许仲平；若为刘处士，何不为陆丞相乎？”这种从容赴死的壮举，天下之大，几人能够？

你瞧，连他的侍童杨冠玉，也是那样地刚烈。监斩官见杨年幼，有心为他开脱。杨冠玉却断然拒绝，朗声道：“张公为国，死于忠；我愿为张公，死于义。要杀便杀，不必多言。”言罢，跪在张煌言面前引颈受戮！……

西湖边，另有两位女英雄，也值得大书特书。

有学者认为，中国三千年文学史，登峰造极的女性，只有一人。是谁呢？她就是宋代的婉约派词人李清照。但我认为，更该称道的，是她无与伦比的英雄气概。

何谓英雄？尊严受辱，拔剑而起，是谓英雄；泰山崩前，颜色不变，是谓英雄；无故加之，心静若水，是谓英雄；易面事敌，隐忍抑情，是谓英雄；旌霜履血，无怨无悔，是谓英雄……而海枯石烂，初心若是，更该称得上英雄。

你知道吗？李清照在西湖边住了20年，却无一字著西湖。

明明秀秀，潋滟晴柔，早将她满腹的诗书激荡得翻江倒海，然而，她死死摁住了。摁的时候，她一定耗尽了心力——对于一个从头到脚被诗书浸润透了的奇女子来说，搦管操觚是她生命的本能。多少次，那双调朱弄粉的手，在宣纸上比来画去。最终，她又一声长叹，掷笔于几旁。她不愿意为这个懦弱的朝廷和那帮懦弱的男人，留下一个字的注脚。

有时候，守住心志，比斩将搴旗，更加困难。不少人，起始，步履还算稳健，可走着走着，或贪恋沿途风光，或害怕前方险阻，最终，走向了邪路。

和李清照同时代的张俊，不就是如此吗！他曾和岳飞、韩世忠、刘光世，并称为南宋的“中兴四将”。后来，在秦桧的威逼利诱下，竟沦为杀害岳飞的帮凶。现在岳庙里，跪在岳飞墓前的四个人中，就有他。

李清照在杭州居住的确切地址在哪里？已不可考。当时的杭州城面积不大，沿西湖东岸而筑。李清照故居，当离西湖不远。2002年，杭州有关部门根据李清照曾在西湖清波门一带居住过的记载，在柳浪闻莺公园内，建造了“清照亭”。亭子掩映在茂密的水杉林中，环境清幽。我第一次去探访时，按照地图寻觅了半天，竟没有发现。后来，误入一条小路，才蓦然得见。亭子旁边就是清波门，一条小溪蜿蜒而过。亭柱楹联云：“玉润珠圆文苑长兴易安体，山明水秀词魂永客武林春。”

李清照，山东济南人，生于一个诗书世家。父亲李格非，为北宋神宗熙宁年间进士，并以文章受知于苏轼，为苏门“后四学士”之一。她的母亲王氏，乃丞相王珪孙女，亦善文章。夫君赵明诚，密州诸城人，是宋代著名金石学家。

李清照的青少年时代，应该是非常幸福的：在济南历下度过了她“蹴千嗅梅”的垂髫童年；总角之年随父母寓居“耸皇居丽”“层城阆苑”的东京汴梁（今开封）；18岁时与太学生赵明诚结婚，伉俪情深、志趣相谐，以收集金石书画、研讨诗文创作为乐。

“靖康之变”，倾覆了她的世界。金瓯残缺，安能复有完家？她和丈夫不得不随着南渡的皇室开始了颠沛流离的生活。看到一国之主罔顾社稷生民，只顾自己逃命，李清照的心中一定是无比愤懑。逃难途中，路过芜湖天门山，在乌江镇游览项羽庙时，她愤然写下了那首著名的《夏日绝句》：

生当作人杰，死亦为鬼雄。至今思项羽，不肯过江东。

那个只顾逃命的朝廷和那帮只顾逃命的男人，如果还稍微有点羞耻心，看了这首诗，一定会无地自容。如果里面还有爷们儿，一定会醒悟过来，转过身去，拔出剑来，咆哮着杀向北方。然而，宋高宗和他那一帮娇弱的臣子，还在逃、还在逃、还在逃……

李清照的愤慨和无奈，可以想象得到。她的心，一定一直在滴血。经过两年的颠沛流离，绍兴二年（1132）春天，李清照终于抵达临安（今杭州），暂时结束了漂泊。

这番家国连遭的不幸和艰难跋涉，使昔日那位雍容优雅的妇人心力憔悴。让她去写西湖的旖旎风光？没门儿！她只能写下这样的文字：

年年雪里，常插梅花醉。挼尽梅花无好意，赢得满衣清泪。　　今年海角天涯，萧萧两鬓生华。看取晚来风势，故应难看梅花。

偏安临安，不是积聚力量、伺机反扑、收复失地，而是如何进一步妥协、避战。一个个城下之盟，一次次割地赔款，这就是整个南宋，留给历史的背影。

绍兴三年（1133），宋高宗决定派人到金国去探视一下徽、钦二帝——其实，是想打探一下有无求和的可能。一听说要入虎狼之域，朝中竟无人敢应。大臣韩肖胄还算有点胆气，愿冒险一试。原本对朝廷失望透顶的李清照，心中又燃起了一丝希望。她作了一首将近600字的长诗相赠：

三年复六月，天子视朝久。凝旒望南云，垂衣思北狩。

如闻帝若曰，岳牧与群后。贤宁无半千，运已遇阳九。

勿勒燕然铭，勿种金城柳……

愿奉天地灵，愿奉宗庙威。径持紫泥诏，直入黄龙城。

单于定稽颡，侍子当来迎。仁君方恃信，狂生休请缨。

或取犬马血，与结天日盟……

车声辚辚马萧萧，壮士懦夫俱感泣。闾阎嫠妇亦何如，沥血投书干记室……

不乞隋珠与和璧，只乞乡关新信息。灵光虽在应萧萧，草中翁仲今何若……

子孙南渡今几年，飘流遂与流人伍。欲将血泪寄山河，去洒东山一抔土。

“欲将血泪寄山河，去洒东山一抔土。”本该是须眉男儿的仰天长啸，却由一个离乱丧夫、贫病交加、孤苦伶仃的女子泣血喊出，听起来是多么摧心肝！南宋，你这个南宋！真不该啊，这个可恶的朝廷，让她再次失望。第二年，金兵再次南犯，宋高宗再次弃都而逃……凄苦无助的李清照只好拖着病残之躯，再次流亡。

南迁后，宋军有没有收复失地的机会？有！当是时，岳飞、韩世忠的部队都还有相当的战斗力，连金军也哀叹：“撼山易，憾岳家军难！”黄天荡之战，韩世忠、梁红玉夫妇通力协作，曾围困金军达四十八天。而郾城之战，岳家军大败金军，完颜兀术被迫逃出开封，退回北方。

正当岳家军准备乘胜追击时，宋高宗却用十二道金牌勒令岳飞班师……最令人痛心的是，精忠报国的岳飞，被以“莫须有”的罪名，冤杀风波亭。为什么会出现这种情况？民间文学归罪于奸臣秦桧。其实，个中深层次原因，文徵明的《满江红》讲得很透彻：

拂拭残碑，敕飞字，依稀堪读。慨当初，倚飞何重，后来何酷！岂是功成身合死，可怜事去言难赎。最无辜，堪恨更堪悲，风波狱。　岂不念，封疆蹙！岂不念，徽钦辱！念徽钦既返，此身何属？千载休谈南渡错，当时自怕中原复。笑区区，一桧亦何能，逢其欲。

抗金有罪，乞和封赏。那么，谁还会去一心报国?!瞧，西湖的山水多么柔美，那就且拥山水拼一醉吧。"山外青山楼外楼，西湖歌舞几时休。"久而久之，南宋原就不太强健的筋骨，被泡得更加酥软了……指靠不上了！彻底指靠不上了！

这时候的李清照，心彻底死了，干枯得荡不起任何涟漪。当朋友请她去双溪泛舟时，她无情无绪地写下了这首《武陵春》：

风住尘香花已尽，日晚倦梳头。物是人非事事休，欲语泪先流。闻说双溪春尚好，也拟泛轻舟。只恐双溪舴艋舟，载不动许多愁。

风烛残年，家仇国恨。愁，压得她气都透不过来，还有什么心情去看“水光潋滟”“山色空蒙”“浓妆淡抹”？这一切，在她眼里恐怕都是愁，都是怨，都是恨！

翻开宋词，李清照的词风以“靖康之变”为界，前、后两段，迥然不同：前期词风明丽轻快，后期词风幽怨愁愤。且看她晚年写的这首《声声慢》：

寻寻觅觅，冷冷清清，凄凄惨惨戚戚。乍暖还寒时候，最难将息。三杯两盏淡酒，怎敌他、晚来风急！雁过也，正伤心，却是旧时相识。　　满地黄花堆积，憔悴损，如今有谁堪摘？守着窗儿，独自怎生得黑！梧桐更兼细雨，到黄昏、点点滴滴。这次第，怎一个愁字了得！

你能想象这是那个曾写过“蹴罢秋千，起来慵整纤纤手。露浓花瘦，薄汗轻衣透。见客入来，袜刬金钗溜，和羞走。倚门回首，却把青梅嗅”的多情女子吗？

李清照究竟死于哪里？确切死于哪一年？因什么而死？最终又葬在了哪里？我没有找到确切的资料。至于李清照的具体模样，我更是未曾得见。但是我想，能有一腔炽热的爱国心性、能写出如此优美诗词的女子，一定是位绝代佳人，一定美得不可方物。

现代词学奠基人夏承焘在评点李清照前后词风变化时，曾写下这样的评语："过眼西湖无一句，易安心事岳王知。"岳王知道，古往今来的英雄都知道！作为宋代的男人，在灾难来临时，不能为妇孺遮风挡雨，应集体感到羞愧。项羽，宁可战死，不愿过江东！从未写过西湖的李清照，比写了西湖的李清照，更加伟大！

李清照谢世700多年后的一个春日的黄昏，西子湖畔，寒风料峭，雨脚如麻。一个留着短发的女子，瞻仰完岳庙出来后，撑着一把油纸伞站在苏堤的跨虹桥上，深情地凝望着眼前的风光。这个季节，春意乍萌。但见湖面烟波迷蒙，舟影点点；身边柳丝吐翠，玉兰竞放。她原本紧蹙的眉宇稍稍舒展开些，对身边的两位同伴说："死后葬此，何等荣光！"

就在四个月后，这位女子在绍兴轩亭口英勇就义。后人根据她的遗愿，把她葬在了西湖边。她就是"鉴湖女侠"秋瑾。

秋瑾，字竞雄，号"鉴湖女侠"，籍贯浙江山阴（今绍兴)，1875年11月8日生于福建省云霄县。她自幼聪敏，好文史，善诗词，崇侠尚义，并习得一手好剑法。“休言女子非英物，夜夜龙泉壁上鸣。”瞧，字字透着豪气！

1900年，八国联军入侵京师。当时，秋瑾随任户部主事的丈夫定居北京。列强在北京的种种暴行，激起了这位侠女满腔的怒火，救国思想在她心中滋生蔓长。她不顾丈夫反对，自费东渡扶桑留学。在东京，她广交留学生中的志士仁人，积极参加反清活动。“危局如斯敢惜身，愿将生命作牺牲。”“拼将十万头颅血，须把乾坤力挽回。”此时的她，早就将生死置之度外。

回国后，她和徐锡麟等革命党人，秘密积蓄革命力量，培养军事人才，筹备武装起义。1907年正月，秋瑾与徐锡麟等商议，拟于农历六月初十在浙皖两地同时举旗。岂料事情泄露，徐锡麟不得不提前在安庆仓促起事。清末民初的这批革命党人，的确令人肃然起敬：为了心中的理想信念，蹈死不顾，一切的一切均可以抛弃。

这些人，大多起自缙绅。

秋瑾，自曾祖起，便世代为官。其父秋寿南，曾官至湖南郴州知州。其母为浙江萧山望族。夫家，更是湖南双峰县赫赫有名的富户。

徐锡麟，出生于浙江绍兴一个名门望族。其父当过县令，家有田地百余亩，在绍兴城内还开有两家商铺。

他们的另一位战友、绍兴人蔡元培，清光绪年间的进士、翰林院编修。

他们与封建统治者展开了拼死搏杀。

蔡元培曾经一手缔造了中国近代史上规模最大的暗杀团体——光复会。他终日带着一帮同志，秘密研制毒药和炸弹。这一情节，在日前热播的电视剧《觉醒年代》中，曾有反映。中国共产党创始人陈独秀，也曾一度加入暗杀团，并成为蔡元培研制炸弹的得力干将。

> 陈独秀在《蔡孑民先生逝世后感言》中写道：
>
> 我初次和蔡先生共事，是在清朝光绪末年。那时杨度生、何海权、章行严等，在上海发起一个学习炸药以图暗杀的组织。行严写信招我，我由安徽一到上海便加入了这个组织。住上海月余，天天从杨度生、钟宪鬯试验炸药，这时孑民先生也常常来试验室练习、聚谈。

有关徐锡麟安庆起事，当时上海的《申报》曾作了详细的报道。

为了获得起义成功，徐锡麟决定到朝廷重臣身边潜伏。他成功得到安徽巡抚恩铭重用，被提升为巡警学堂会办。7月6日上午9时，巡警学堂举行毕业典礼，恩铭在多位高官的簇拥下来到现场。就在毕业生准备向其行礼时，徐锡麟冲上前去，将藏在身上的炸弹扔向恩铭。可惜，炸弹没有爆炸。徐锡麟又举起手枪，朝恩铭连射7枪。恩铭终于倒地不起。随后，大批清军赶来。革命党人与清军展开激战，5小时后，因弹药耗尽，起义失败，徐锡麟和另外两名同志被捕。

他不愧为一位铁骨铮铮的硬汉。审讯官对他严刑拷打，逼他供出同伙，他不发一言。刽子手拿铁锤朝其下体狠狠击打，但他始终紧咬牙关。最后，丧心病狂的刽子手挖去他的心肝炒菜。

徐锡麟被抓的消息传到绍兴，革命党人劝秋瑾即刻撤离，可她断然拒绝，慨然曰："革命要流血才会成功。"她令同志们迅速转移，自己留守大通学堂，从容赴死。这不是英雄又是什么?!

7月13日，清军包围大通学堂，秋瑾被捕。大堂上，她神色自若，拒不招供。7月15日凌晨，戴着脚镣、被缚双手的秋瑾，步行至绍兴轩亭口刑场，慷慨就义。

秋瑾的牺牲，唤醒了千千万万中国人的良知。人们通过各种方式表达了对秋瑾的敬仰。革命党人更是同仇敌忾，一次又一次的武装起义疾风暴雨般袭来。终于，武昌城头的烈焰，燃遍了全国。辛亥革命成功后，孙中山亲笔为秋瑾题写“巾帼英雄”四个大字，并书楹联一副：“江沪矢丹忱，感君首赞同盟会；轩亭洒碧血，愧我今招侠女魂。”

为保卫自己的信仰和人格而战，这是伟大灵魂的唯一选择。这是因为他们生下来就被教育：责任比其他更重要！梁启超在《中国之武士道》一书中说：“泰西日本人常言，中国之历史，不武之历史也；中国之民族，不武之民族也。呜呼！吾耻其言，吾愤其言，吾未能卒服也。”

革命党人之所以前仆后继、慷慨赴死，就是因为耻其言，就是因为愤其言，就是因为华夏儿女胸中始终燃着一团熊熊的火——这种火的燃料，就是“不服”。因为深爱着脚下这方土地，在他们眼里，寸土寸血，哪容得被蹂躏丝毫！他们就是要以自己的死震醒国人、重振民族尚武侠义的精神。轻我个人可以，死我个人可以，轻我民族，轻我家国，万万不行！

秋瑾的墓，如今安坐在孤山西泠桥畔。她罹难后，围绕安葬衍生出的故事，令人唏嘘不已！

就义这年春天，与好友徐自华、吴芝瑛一起观岳王庙、游西湖时，秋瑾曾给她们留下了一首绝命词，其中写道：

> 痛同胞之醉梦犹昏，悲祖国之陆沉谁挽！日暮穷途，徒下新亭之泪；残山剩水，谁招志士之魂？不须三尺孤坟，中国已无干净土；好持一杯鲁酒，他年共唱摆仑歌。虽死犹生，牺牲尽我责任；即此永别，风潮取彼头颅。壮志犹虚，雄心未渝，中原回首肠堪断！

秋瑾委托好友，希望自己死后，能“卜地西湖西泠桥畔，筑石葬之”。

起义前，为不连累家人，她已通知亲属疏散到附近乡村。故此，轩亭口遇难后，秋家无人收尸。遗骨由绍兴同善局草草成殓，槁葬绍兴府城外卧龙山西北麓。

两个月后，其兄秋誉章秘密雇人，将秋瑾遗体挖出放入棺木迁往绍兴常禧门外严家潭殡舍暂放。可是不久，殡舍主人得知这是“女匪”的棺木，便令秋誉章迁走。万般无奈，秋誉章只好将棺木移至附近一处荒地。

徐自华、吴芝瑛得到秋瑾死讯，悲痛欲绝，专程赶往浙江，在西湖边买了一块墓地，1908年2月，将秋瑾棺厝落葬于杭州西泠桥西侧。

在风景秀丽的西湖边，公然安葬“女匪”，清朝统治者哪能容忍？当年10月，清廷御史常徽上奏，吁平秋瑾墓，并提出严惩营葬发起人吴芝瑛与徐自华等人。这一奏折，很快得到朝廷批准。

吴、徐二人，不愧是烈士的知音。吴芝瑛发电给两江总督端方，声言：“因葬秋获谴，心本无他，死亦何憾！”豪迈地说：“愿一身当之”“勿再牵涉学界一人，勿将秋氏遗骸暴露于野。”

当此时，革命烈火越烧越旺，知识界、文化界以各种方式抗议清廷的颟顸，上海、杭州的报馆也纷纷发文支持吴芝瑛与徐自华。迫于舆论，清廷放弃追责，但强令秋墓迁葬。

1908年12月，秋瑾家人被迫将秋瑾的棺梓迁回绍兴城外严家潭暂放。翌年秋，由其夫家出面，再度远迁湖南湘潭昭山。辛亥革命成功后，在长沙岳麓山建烈士陵园。1912年夏，湖南省政府把秋瑾墓迁到了这里。

秋瑾的遗愿是与西湖为伴。在吴芝瑛与徐自华呼吁下，经民国政府批准，湘、浙两省商定，迎送秋瑾遗骨回浙。

1913年秋，秋瑾还葬西湖边的原墓地，墓旁修建了风雨亭和秋瑾祠堂。人们都认为，秋瑾之灵这下终于可以安息了。没想到，1964年、1966年她又先后两次被迁葬。直到上世纪八十年代，才又重新回到西泠桥畔……

秋瑾身后，先后历经10次迁葬！一个人死后，要历经10次迁葬，这恐怕创下了历史。

我之所以把这段经历，如此详细地予以叙述，是希望：我们的秋姑娘，至此，可以永远安歇在她钟情的西子湖畔！不希望：为社稷、为生民身首异处的她，再受颠踬——哪怕是丁点儿颠踬，也不答应。因为我们的心，痛啊！

我工作的单位离秋瑾墓地很近，我经常坐在西泠桥畔看日出、看日落，每每陷入沉思，也每每在心里祈愿：无论阴晴，无论晨昏，无论经历怎样的雨雪风霜，无论再过多少年多少代，她都能够永远站在西泠桥堍，环视着她挚爱的这一派“好湖山”！

2016年6月

劳罕，1965年生，河南洛阳人。记者、作家。曾旅居杭州多年。创作大量长篇小说、纪实文学、散杂文等。出版《各奔前程》《巴音布鲁克》《德政》《没有尾巴的故事》《屏前杂咀》《传播与耗散》《雍正自白》《历史现实》《心无百姓莫为官》等多部作品。

湖畔不是风流地

/

孙昌建

1922年3月31日，杭州城站火车站，一列上海开来的火车进站了，一学生模样的小个子男人，手里拿着一张照片，正四处打量出站的人。在那个年代，城站火车站是杭州最热闹的地方之一，来自全国各地的游客，特别是上海人最喜欢来杭州西湖旅游了。

这个学生模样的人，就是浙江一师的学生汪静之，他要接的人，就是来自上海的银行职员应修人。此前，应修人特意去拍了一张照片寄给了汪静之，以便汪诗人辨认。

几天之后，著名的湖畔诗社在杭州西湖边诞生。从此，几位写新诗的人歌笑在湖畔，歌哭在湖畔。写新诗的人，用今天的话来说，一言以蔽之，就是想搞搞新意思的人，用一部电视剧的名称来概括，他们都处于觉醒年代。

这个叫汪静之的人，当年就读于位于杭州贡院的浙江第一师范学校。说起这个学校出的著名人物，大概可以分成几类：一类是李叔同、丰子恺、潘天寿一类的艺术大师；一类是俞秀松、施存统、宣中华、叶天底等革命先行者；还有一类就是汪静之、柔石、冯雪峰和魏金枝等诗人作家。而在这些人当中，汪静之似乎是个特例。

很长一段时间里，汪静之成了湖畔诗社的形象代言人，因为当年的诗人同学有的英年早逝，有的一生坎坷，只有汪老尚可以在西子湖畔安度晚年。在西湖六公园的湖畔居茶馆里，曾开辟了湖畔诗社纪念馆，那一度也是对外开放的。在这个寸土寸金的地方，当年也曾有三联书店的杭州分店，但后来也都悄无声息地撤出去了。湖畔诗社出了几位革命烈士，如潘漠华、柔石，包括冯雪峰在内，1949年前后，他们都数度入狱。这个湖畔纪念馆的题词者曾是共产党的总书记胡耀邦先生，只是后来的人一讲起诞生于浙江一师的湖畔诗社时，总是会想起“我看着你 / 你看着我 / 四个眼睛两条视线 / 整整对了半天 / 你也无语 / 我也无言”，而且要汪老在晚年也一再跟青年诗人讲，我们那时主要就是谈恋爱，写爱情诗。是的，那是一个时代的风气，然而湖畔不是风流地，风流也总被风吹雨打去。

一、汪静之是从安徽绩溪来的数学0分者

20世纪80年代初，诗歌一度也是热门的东西，因为它

看似门槛很低。当时杭州有不少民间的诗社，有的就借西湖边搞起了诗歌讲座，就跟今天在公园唱越剧能引人围观一样。当时的诗歌讲座，路过走过的人也驻足凑个热闹。只见有一日，一老者正在上面念念有词，一路过的人只听得懂“裁剪”二字，于是便抛下一句话——这个老裁缝厉害的！

要知道那时服装裁剪班是非常热门的，正如今天的新东方一类。那老者是在讲裁剪吗？非也，老者是在讲诗歌的裁剪艺术。

那老者便是大名鼎鼎的湖畔诗人汪静之。

这个段子我以为其实有杜撰的成分。汪老在那个时候是给人讲过课，本人也听过一次，在一次湖畔诗人的活动中。汪老讲课，凡听过的诗人朋友都说，第一肯定是大鹏展翅无边无际，第二肯定是讲他早年的恋爱史的，绝不会讲到“裁剪”等比较专业的术语。我当时的印象是，汪老的口音还不是太好听懂的，杭州话夹着安徽官话，语速颇快，有习惯性的拖音，音倒是高的。80年代头几年，湖畔诗社得以恢复，其纪念馆在六公园的风水宝地湖畔居处辟了出来，在当时堪称盛事。据说是当时的总书记批示后才得以在临湖的楼上辟出这么一块地方的，馆名也是胡耀邦所题，只是20年后，知道此馆的人已经不多了。

当时的讲题，但凡有青年人提出诗要怎么写时，汪老的话题往往会转到爱情上面去的，我记得他当时跟我们讲——我那个时候读什么书呢，成天就想着追姑娘。

当时我们看汪老已是耋耋老者，且个子很小，有诗人朋友调皮地问他——那光是写情诗追不到怎么办呢？

汪老的回答更是可爱——一个追不到就追下一个嘛！

这一年是1992年。此时西湖风和日丽，草长鸢飞，让人想起汪老的《蕙的风》——

是哪里吹来
这蕙花的风——
温馨的蕙花的风？
蕙花深锁在园里，
伊满怀着幽怨。
伊底幽香潜出园外，
去招伊所爱的蝶儿。
…………

一个追不到就追下一个嘛！这倒是汪老的实话。当年他就是为了追他的“小姑母”曹珮声而到杭州的。在汪静之先生的情事中，是不得不提这个名字的，但是在胡适之的情事中，这个名字的分量会更重一些。

其实汪静之在还没有出生之时就被指腹为婚了，对方也是一姓曹的人，名叫秋艳，而曹珮声正是她的姑母。可怜这秋艳只活到了12岁，这就反而成全了自由的诗人，诗人便在其十五岁时开始追求小姑母了。他们也正好是同年，都生于1902年。这个追求自然遭到了曹的拒绝，理由是他是小辈，虽然他们从小生活在一起且两小无猜。当时汪静之的诗是这样写的——

我看着你 / 你看着我 / 四个眼睛两条视线 / 整整对了半天 / 你也无语 / 我也无言……

后来曹珮声遵命嫁给了胡冠英，胡冠英也写新诗。再后来人们便知道她成了胡适之的情人，其间在杭州曾有过一段神仙般的日子。

而在胡适之之前，汪静之对曹珮声依然抱有幻想。1920年，他跟曹珮声的丈夫胡冠英一起追到了杭州，追的却是同一个人，名义是投考浙江第一师范。

一个安徽人为何报考浙江一师，这就是因为一师的影响力不仅在浙江且已辐射到安徽，此影响让浙江一师成了南方的文化重镇，所以汪静之要来杭州。当时据说汪静之的数学、常识和英语皆交了0分，但作文甚佳，不是一般的好，而是要让老师摘下眼镜连看几遍的好。是国文老师的力争，浙江一师才破格录取他，从此也成全了一位爱情诗人，杭州和中国才有了湖畔诗社。由此可想当时的教育！此前他读过八年私塾，从未接触过理科和英语，而诗文却根底很深，特别是在跟曹珮声一起读书的时候，更是长进不少。

汪静之是1920年的秋天到浙江一师上学的。数学考零分却还能入学，在今天看来是匪夷所思的。当时一师风潮已经结束，虽然走了经亨颐校长和“四大金刚”陈望道、刘大白、夏丏尊和李次九，却又来了一批诗人作家，如后来影响到汪静之等湖畔诗人们的朱自清、叶圣陶、刘延陵和王琪等，这四人被称为“后四大金刚”。他们在一师的时间虽然也不长，却影响了这一批诗人的成长，除了汪静之之外，还有潘漠华、冯雪峰、魏金枝、柔石等。所以后来有人说了，“前四大金刚”是培养了一批政治活动家，他们出人文刊物，意欲改造社会，而“后四大金”刚则是影响了诗人和文学家，他们出诗刊出文学刊物……这个话大约是对的。

1922年的8月，《蕙的风》出版问世，这是汪静之最好的时期。

但要是由此以为，湖畔诗人全是像汪静之那样的，那就完全错了。只能说汪静之是个特例，且是一个有意思的特例。这种有意思，是在于他的一生，都坚持了这种浪漫的因子，这使得他没有走到另一条路子上去。

这另一条路，也就是后来宣中华、叶天底他们走的路。事实上诗人一开始写诗，那多半是因为爱情，而非要为改造社会。

二、我们歌笑在湖畔　我们歌哭在湖畔

上海银行职员、浙江慈溪人应修人住进了湖滨清华旅馆11号房。

应修人到杭州不是来从事革命活动的，他仅仅是因为诗歌，要来会一会比他小两岁的汪静之。

如果说晨光社仅仅是校内的社团，那么后来的湖畔诗社就是跨界的社团，是学生跟社会上的人组合成一个文学小社团了。因为当时的汪静之已经在外发表诗作，这便引起了应修人的注意。他那时正在上海苦习诗歌，一开始还写过旧体诗，他看到汪静之的诗，便开始与他通信，通着通着，他决定来杭州会会这位小诗友，并顺便春游一下杭州的西湖。

修人来了，静之自然要陪同游湖。游湖时说起学校的

新鲜事，那便是学校有个晨光社。修人是十四岁就做学徒了，校园生活过得少，所以说起晨光社来便要静之介绍几位认识。当时应修人的身份是中国农业银行出纳部的主任，应该说已经是一个很好的职位了。他已基本过上了衣食无忧的生活，但是诗歌仍是他最为钟爱的。

静之邀请了潘漠华和冯雪峰一同游湖，因为当时西湖上的小船只是四人座的，所以这一“形式”便决定了“内容”，决定了湖畔诗社实际上只有四人。后来柔石和魏金枝都欲加入而被婉拒，不能不说是一个遗憾。当然这也有其他的不同说法。从理论上说，湖畔是一个没有界限的诗社，因为它没有纲领，没有宣言，这跟此前的晨光社有所不同，它只是一个同人兼朋友的松散型组织，包括以“湖畔诗丛”名义出版的谢旦如的诗集。那谢自然也可以算入湖畔诗社成员的。

这里有一点要注意，应修人来杭州，等于是给自己放了一个春假，他是在银行请了一个星期的假，所以这次游玩不是那种匆匆的形式，而浙江一师的这三位同学，虽然不能说是全程陪同，但看得出学习的功课也不是很紧。当时的一师提倡“自学”，所以学生们有的是时间。这有汪静之平时星期天必去游玩可以佐证，而与潘漠华堂兄同在宗文中学读书的周颂棣，也撰文回忆潘漠华一到星期天都要找他们玩。可见，一师的学习氛围是相当宽松的。正如后来如应修人的夫人曾岚所写的那样——在白堤上散步，桃树下写诗，雷峰塔旁吟诗，诗文唱和，快乐无穷……

作为这一次聚会的纪念，他们很快便编定了四人诗集《湖畔》。一开始还只有应、潘和冯三人，因为汪静之已经编好了他的个人单行本《蕙的风》，后来作为老大哥的应修人觉得有所不妥，于是又从汪静之编定的诗集中抽了六首，这样四个人的诗便都有了。

百年之后的今天，我们来看这四位诗人那几天相聚时的诗作，也是相当有意思的。这虽然不是同题作诗，但在暗中却也还是有着比试的，那都是要交出佳作来的。

先看应修人的《心爱的》，虽有点应景的感觉，但“有心爱的诗集，终要读在心爱的湖山里的”一句却也道出了诗人湖畔相聚的妙趣——

逛心爱的湖山，定要带着心爱的诗集的。
柳丝娇舞时我想读静之的诗了；
晴风乱飐时我想读雪峰的诗了；
花片纷飞时我想读漠华的诗了。

漠华的使我苦笑；

雪峰的使我心笑；
静之的使我微笑。

我不忍不读静之的诗；
我不能不读雪峰的诗；
我不敢不读漠华的诗。

有心爱的诗集，终要读在心爱的湖山里的。

（1922年4月1日）

汪静之的《路情》则一如他以往的风格，颇有点情人眼里出西施的味道——

可爱的小孩儿，
采了几些花草，
手里捏一枝，
头上戴一朵。
小圆脸儿烂漫地微笑着，
和花儿一样地微笑着。
围着我融化了我的柔和的微笑呵！

（1922年4月2日）

我们再来看冯雪峰的《栖霞岭》，这感觉完全跟应和汪的不一样。他的诗总有一种苦味，或者叫人间况味吧——

栖霞岭上底大树，
虽然没有红的白的花儿飞，
却也萧萧地脱了几张叶儿破破寂寞。

（1922年4月1日）

那么潘漠华的呢？他在那几天也写了好几首诗，我们且看他的《乞者》——

我再三想起，
在红花缤纷的桃树下想起，
在绿草纷披的沙堤岸想起：
今天湖畔归来，
经过楚妃巷口，
多年的粉垩剥蚀的墙脚，
立着一个和我爸爸相似的乞者，
向我伸出两手来。

（1922年4月3日）

这大概就是最有代表性的歌笑和歌哭。

然而当时诗歌的出版也是一件极难的事情。没有机构愿意出，于是应修人便在上海自作主张，自己出资195元，印了3000册。3000册的诗集即使在今天有14亿人口的中国看来，也是一个颇为可观的数字了，何况是在1922年。修人自己出资印诗集的举动当然令汪、潘、冯十分感动。他们的老师朱自清也在《文学旬刊》上（1922/5/18）撰文充分肯定了这本诗集。要知道这不仅仅是那个写《匆匆》和《背影》的朱自清，还是那个为新文学运动的前十年编定诗集的朱教授，他在那时的话是一言九鼎的。

《湖畔》是1922年4月出版的。到了8月份，汪静之的个人诗集《蕙的风》出版了，后来相关的评论便集中在这一部汪著上了。不过有一点要注意，在中国新文学种类的新诗集出版中，《湖畔》是名列前茅的。十多年之后的1936年，朱自清在编辑《中国新文学大系·诗集导言》中说——真正专心致志作情诗的，是“湖畔”的四个年轻人。他们那时差不多可以说生活在诗里。潘漠华氏最凄苦，不胜掩抑之致；冯雪峰氏明快多了，笑中可也有泪；汪静之氏一味天真的稚气；应修人氏却嫌味儿淡些。

恐怕因为应修人不能算是朱老师的学生，所以对其评价也颇为苛刻了一些，其他三位倒基本说到点子上了。可以说湖畔诗社是中国新文学的成果之一，也是杭州诗人对新文学的贡献。

三、湖畔不是风流地

我们先来看冯雪峰的一首《灵隐道上》——

在到灵隐去的那条路上，
我们碰着许多轿子；
但我只留眼过一把。
轿夫底脸还没有洗，
可见他们底早餐也不曾用过了；
但这时太阳已经很高了。
轿内是一个年轻的妇人，
伊坐得很端正，
却睨着眼儿看着我们；
伊虽打扮得很美丽，
却遮不了满心的悲苦。
——于是我们知道
苦痛的种子已散遍人间了。

这首诗的风格就明显有别于汪静之式的爱情诗。这首诗的特点用一个词来形容的话，那就是“苦痛”。

应修人是四位诗人中资历最老的，人也显得相对老成持重，年龄也比其他三位长两三岁。如果仅仅从生活的角度上来说，银行中层的修人已经很好了，且能出资自费出诗集，但是他的心灵仍然被诗神所吸引和召唤，所以他会在看到汪静之的诗之后，跟这位小诗弟进行通信，然后又从上海跑到杭州去会这些校园诗人。如果从写新诗的资历上看，应修人是早于其他三位的，他此前也写过旧体诗，应该说诗龄上是比较长的。但看到清新真挚之汪静之，仍是愿意与之通信交流，且最后出资195元而出版《湖畔》诗集。一个很明显的事实是，出版社都不愿意接这本诗集，因为觉得不卖钱嘛。195元在当时是个什么概念呢？大约是一个一师学生三年的生活费用（当时一师的学生费用皆是减半的）。而且在这另三位湖畔诗人中，除了汪静之家庭条件尚好之外，潘和冯都是比较差的。

应修人写西湖的诗无疑是精品中的精品，因为这完全是一种移动中的镜头，如果用电视人的术语说起来，那是需要大摇臂才拍得出来的美景——

从堤边，水面
远近的杨柳的掩映里
我认识西湖了！

应修人的这三句西湖，解决了一个岸与湖之间的关系，正如苏东坡的那一首名诗解决了西子和西湖、晴和雨的关系。而且修人这一批诗人中以短诗为主，甚至三四句的短诗也非常清新可爱，这可能跟他们的美学追求是有关系的，在一首叫《村野的》诗中，修人如此写道——

淡淡的，淡淡的，
淡抹淡妆里，最能显出美来。
……
村野的，才是真的美；
毫不假饰的，才是我最爱的。

淡然后是真，真情真性，这大概也是湖畔诗人的特点。

应修人当然也不全是这样的作品，他也有慷慨激昂之作，其中最为称道的代表作便是《听玄仁槿女士奏伽耶琴》。玄女士当时是一名流亡在上海的朝鲜乐手，诗里那种民族和世界的沉痛跃然纸上，而且味儿一点也不淡。

说起潘漠华，他对湖畔最多的贡献莫过于两点。第一，他贡献了这两句话——我们歌笑在湖畔/我们歌哭在湖畔；第二，他发起组织了晨光社。具体就潘漠华的诗来说，朱老师说得还是在理的，他是“最凄苦，不胜掩抑之致”。为何会最为凄苦呢？就因为他有苦恋的情事，他苦恋的对象便是他的堂姐，在诗中一直是被称为“妹妹”的。就因为这样的恋爱被人认为是不道德的，所以潘诗人是有深深的自责的，他就自称这四个诗人中，他是品格占第四位的。这样的情感反映在诗歌中，最有代表性的便是他写于1921年的《隐痛》——

我心底深处，
开着一朵罪恶的花，
从来没有给人看见过，
我日日用忏悔的泪洒伊。

月光满了田野，
我四看寂寥无人，
我捧出那朵花，轻轻地
给伊沐在月底凄清的光里。

如果从湖畔诗人在浙江一师求学的那几年来看，这可能也是20世纪中国最好的那几年。就是像汪静之1922年出版《蕙的风》遭到道学家的遣责时，便有鲁迅、周作人、胡适、朱自清、沈从文、刘延陵等一批文化名家来为汪静之的“一步一回头地瞟我意中人”保驾护航。这又是何等的阵势啊！难怪道学家们几乎是没有还手之力了。而几年之后，也就是在歌笑歌哭之后，青年诗人们也都被时代大潮裹挟着冲向了更为汹涌的大江大河，而非只是在西子湖畔了。

1926年，时已成为中共党员的应修人自己敲掉了银行职员的铁饭碗，被党派去广州黄埔军校工作。

1926年，也是中共党员的潘漠华中止了在北大英语系的学习生活，南下武汉参加了北伐先遣部队。

也是在1926年，连汪静之都辞去了教职，由郭沫若介绍去到武汉的国民革命军政治部宣传科工作了。对了，汪静之一度和郭沫若、郁达夫等创造社的诗人作家们走得很近，特别是跟郁达夫。汪老在晚年爆了不少王映霞的料，但孤证难立了。

1927年在“四·一二”的白色恐怖之中，冯雪峰于当年6月便加入了中国共产党。

先来说应修人，1927年他就被党派往莫斯科学习，这也是一师学生俞秀松、梁柏台等走过的路。在莫斯科他是进中山大学学习，第二年女生曾岚也去该校学习，他们就这样结为了夫妻。1930年回国后，夫妻俩曾在周恩来领导下的中央油印科工作，后来应修人参加了左联的工作，参与左联机关刊物《前哨》创刊号装订与发刊工作。1932年组织派他担任江苏省委宣传部部长。1933年，他不知丁玲已被叛徒出卖而被捕，在去丁玲寓所时被特务发现，在与特务搏斗时不幸坠楼牺牲。

潘漠华的命运跟应修人有点近似。前面说过潘参加了北伐先遣部队，资料上说：

> 1927年7月，离开军队至杭州，在中共浙江省委工作。9月被捕，得老师许宝驹营救出狱，回宣平进行党的活动。次年赴上海。曾领导宣平农民起义。

这里提及的宣平，今天称之为武义，就是潘漠华的老家，这跟一师学生叶天底有点相似，也是回家乡发动农民起义。后来他又到开封、沧州、北平等地以教书为掩护，从事党的秘密工作，后担任天津市委宣传部部长。1934年12月被捕并进行绝食斗争，后被狱警在喉咙里灌开水而烫死，其情其境是可以想见的惨烈。

冯雪峰的命运我们也大约已经知道了。他要晚一年毕业。1923年，浙江一师爆发了骇人听闻的“一师毒案”，冯雪峰也中毒倒下了。应修人听说此事后还特意从上海赶到杭州来探望。好在冯雪峰躲过了一劫。新中国成立之初，冯雪峰曾任中国作协副主席和党组书记、人民文学出版社社长兼总编辑、《文艺报》主编等。1976年1月，冯离开了人世。

汪静之没有走上职业革命家的道路，以后虽然也是性情不改，但已经不可能再歌笑和歌哭了。1954年后，他也被人民文学出版社很莫名地解了职，好在当时还有中国作协，他便在那里领了一份闲工资，退休之后回到杭州，在望江街道居住，没有人知道这是一个诗人。晚年的汪静之为组建湖畔诗社纪念馆而奔走，且终于可以告慰在天之灵的诗友了。在1993年，老人写了一份小传，上面说到“我在解放前，都靠不谈政治明哲保身，苟全性命，一世平安，没有受过政治上的灾祸”。

1996年，汪静之与世长辞。

一百年过去了，“我们歌笑在湖畔”成了一种念想，“我们歌哭在湖畔”也成了一种念想。当年的湖畔诗人，从他们后来各自的命运轨迹来看，湖畔不是风流地，湖畔也有血雨腥风，因为来自太平洋的风，来自钱塘江的浪，都会吹打冲击湖畔的。一开始这些一师学生在朱自清等诗人老师们的熏陶下，开始了歌笑和歌哭，而当一个时代“怒向刀丛觅小诗”时，他们又都勇敢地挺着胸膛向前了。他们的名字因诗歌而大写，他们的名字因他们的生命而大写！

写于2011年3月，2022年3月改

孙昌建，1960年生，浙江杭州人。作家、诗人、媒体人。有长篇小说《我为球狂》《我为星狂》，诗歌集《反对》《杭州呼吸》，散文随笔集《活色生香》《湖山人物各千秋》《民国有个绍兴帮》等。

下阕

矮纸斜行闲作草

只要驻足，便有昙花绽放

只要凝眸，便有你降临

水袖再美，美不过墙柳

美不过似水流年，如花美眷

卢文丽《黄龙吐翠》

虚实

花　巷

/

冯骥才

头一次来到杭州市的我，只认得她。

还有，诗里书里照片里常见的那湿蒙蒙的风景。

以前，一想到她——她的形影总是混在这片朦胧又柔和的风景里。

这是一种想象。想象总比现实美，会不会有比想象更美的现实？

女人最善于用想象创造现实。因此她第一次伴我游览西湖，选择晚间到苏堤上漫步。她的轮廓常常恍恍惚惚地消融在黑黑的夜色里，又一下子给月光照亮的湖水清晰地映衬出来。她的脸模糊得像一团雾，目光却像远处的灯光那样忽然粲然一闪……一直走到堤上无人，月在中天。她约我明天傍晚去她家，然后告诉我一条街道的名字。我问她门牌号数，她说在一条巷子里。我又问这巷子的名称。

她神秘地说，你闻到空气里有什么气味吗？

我吸一吸鼻子说，闻到了，是一种花香，挺特别，很淡，不过又很浓厚……

她绽开笑容说，好了，只要你在那条街上闻到这种花味，就是我的巷子，巷子尽头的一个小门，就是我的家。

第二天傍晚，我找到那条街，便开始寻昨夜那香味。我忽然有点紧张，好像把那香味忘了。我向一群孩子打听，孩子们都笑了。他们说这街上有好多巷子，每条巷子都开满花，都香，你说的是哪种花？什么味儿？

我更茫然。似乎把那花连同她一起丢掉了。原来用鼻子记事这么不可靠。

我从街这端一直走到那端，来回两遍。街上竟有这么多巷子，每条巷子都像花的甬道。一条红、一条黄、一条紫或一条雪白。我在每条巷口都吸一吸鼻子。花的种类不一样，不同的花喷溢出不同的香味，把我的嗅觉完全搞乱了。

直到天暗下来，万物消形，没了色彩。我疲惫不堪地坐在路边道沿上，失去信心，只是还不甘心返回旅店。忽然……一种淡淡的熟悉的香味，从背后飘来，好似蹑手蹑脚到我身后，轻轻将我拢住。我一回头，一阵浓浓的芬芳扑在我脸上。这就是属于我的那花香呀。我眼前渐渐出现一条幽蓝幽蓝深长的巷子，巷子两边，白晃晃，满是花，正是她的巷子！

奇怪，为什么刚才来回几次都没闻到这花香？难道它像夜来香那样，入夜才散放芬香？难道它只有等着你苦苦寻求时，才悄悄出现？

我走进巷子，蓝色的夜凉如同水一般，从我面颊和臂膀旁滑溜溜地流过。我整个身子融入这深巷，也就融入这浓得化不开的芬芳里。我记得她的话——巷子尽头是她家。我一直往里走，感觉自己像一只蜜蜂，钻进一个巨大、柔美、香喷喷的花蕊里……渐渐的，我一点点看见，巷子尽头站着一个人，浅浅一条长裙。她大概在这里默立许久，却相信我一定会来。

这是太久太久的事了。对于这条花巷以及那特有的香味，偶尔还会动心地想起。但我不会再来，因为世上不会再有那样的女孩了。

1994年8月23日

冯骥才，1942年生，天津人。作家、画家、社会活动家。曾任中国文联副主席。有长篇小说《神灯前传》《单筒望远镜》，小说集《俗世奇人》系列，散文集《雾里看伦敦》《珍珠鸟》《以心吻美》《年画行动》等。

西湖

巴金

一年过去了。我又来到西湖，还是在四月。这次我住在另一家旅馆里，也还是一间带阳台的屋子，不过阳台小一些。房间面对西湖，不用开窗，便看见山、水、花、树。白堤不见了，代替它的是苏堤。我住在六楼，阳台下香樟高耸，幽静的花园外苏堤斜卧在缎子一样的湖面上。还看见湖中的阮公墩、湖心亭和湖上玩具似的小船。

我经常在窗前静坐，也常在阳台上散步或者望湖。我是来休息的。我的身体好比一只弓，弓弦一直拉得太紧，为了不让弦断，就得让它松一下。我已经没有精力“游山玩水”了，我只好关上房门看山看水，让疲劳的身心得到休息。

我每天几次靠着栏杆朝苏堤望去，好像又是在堤上从容闲步。六十年代头几年我来杭州，住在花港招待所，每逢晴明的早晨都要来回走过苏堤。苏堤曾经给我留下深的印象。五十年前我度过一个难忘的月夜，后来发表了一篇

苏堤

关于苏堤的小说。有时早饭后我和女儿、女婿到苏堤上消磨一段时间。更多的时候我站在栏杆前，我的眼光慢慢地在绿树掩映的苏堤上来回移动。忽然起了一阵风，樟树的香气吹到我的脸上，我再看前面明净的湖水，我觉得心上的尘埃仿佛也给吹走了似的。

要是早晨雾大，站在阳台上，不但不见湖水，连苏堤也消失在浓雾中，茂密的绿树外只有白茫茫的一片。

很多人喜欢西湖。但是对于美丽的风景，各人有各人的看法。全国也有不少令人难忘的名胜古迹，我却偏爱西湖。我一九三〇年十月第一次游西湖，可是十岁前我就知道一些关于西湖的事情①。在幼小的脑子里有一些神化了的人和事同西湖的风景连在一起。岳王坟就占着最高的地位。我读过的第一部小说就是《说岳全传》。我忘不了死者的亲友偷偷扫墓的情景。后来我又在四川作家觉奴的长篇小说《松岗小史》中读到主人公在西湖岳王墓前纵身投知了的文字，仿佛身历其境。再过了十几年我第一次站在伟大死者的墓前，我觉得来到了十分熟悉的地方，连那些

① 作者注：我们家原籍浙江嘉兴（我的高祖李介庵去四川），在嘉兴，过去有一所李家祠堂，在四川老一辈的人同嘉兴的家族有过一些联系；一九二三年我到过嘉兴两次，住在一位伯祖父的家里，他年过八十，还做私塾老师，在家中授课。

石像、铁像都是我看惯了的，以后我每次来西湖，都要到这座坟前徘徊一阵。有一天下午我在附近山上找着了牛皋的墓，仿佛遇到多年未见的老朋友，于是小说中“气死金兀术”的老将军、舞台上撕毁圣旨的老英雄各种感人的形象一齐涌上我的心头。人物、历史、风景和我的感情融合在一起，活起来了，活在我的心里，而且一直活下去。我偏爱西湖，原因就在这里。岳飞、牛皋、于谦、张煌言、秋瑾……我看到的不是坟，不是鬼。他们是不灭的存在，是崇高理想和献身精神的化身。西湖是和这样的人、这样的精神结合在一起的，它不仅美丽，而且光辉。

五十二年来我到西湖不知多少次。我第一次来时，是一个作家，今天我还是作家，可见我的变化不大。西湖的变化似乎也不太大，少了些坟，少了些庙，多了些高楼……人民的精神面貌是有过大的变化的。我很想写一部西湖变化史，可惜我没有精力做这工作，但记下点滴的回忆还是可以的。说出来会有人感到不可理解吧，我对西湖的坟墓特别有兴趣。其实并不是对所有的墓，只是对那几位我所崇敬的伟大的爱国者的遗迹有感情，有说不尽的敬爱之情，我经常到这些坟前寻求鼓舞和信心。

有一个时期我到处寻找秋瑾的风雨亭。她是我们民族中一位了不起的女英雄，即使人们忘记了她，她也会通过鲁迅小说中的形象流传万代。三十年代我写短篇《苏堤》时，小说中还提到“秋瑾墓”，后来连“秋风秋雨愁煞人”的风雨亭也不见了，换上了一座矮小的墓碑，以后墓和碑又都消失了。我对着一片草坪深思苦想，等待着奇迹。现在奇迹出现了，孤山脚下立起了巾帼英雄的塑像，她的遗骨就埋在像旁，她终于在这里定居了。我在平凡的面貌上看到无穷的毅力，她拄着宝剑沉静地望着湖水，她的确给湖山增添了光彩。

有一个时期我寻找过于谦的墓，却找到一个放酱缸的地方。当时正在岳王庙内长期举办“花鸟虫鱼”的展览，大殿上陈列着最引人注目的展品——绿毛龟。我和一位来西湖养病的朋友谈起，我们对这种做法有意见，又想起了三百多年前张煌言的诗句。苍水先生抗清失败，被捕后给押送杭州，在杭州就义。他写了两首《入武林》，其中一首的前四句是：

国破家亡欲何之，西子湖头有我师。
日月双悬于氏墓，乾坤半壁岳家祠。

我同朋友合作，借用了三、四两句把它们改成“油盐酱醋于氏墓，花鸟虫鱼岳家祠”。我们看见的就是这样。

又过了若干年之后，今天我第若干次来到西湖。“于氏墓”的情况我不清楚，“岳家祠”给人捣毁之后又重新修建起来，不仅坟前石像还是旧日模样，连堂堂大宰相也依然长跪在铁栏杆内。大殿内、岳坟前瞻仰的人络绎不绝，如同到了闹市。

看来，岳王坟是要同西子湖长存下去的了。

1982年4月28日

巴金（1904—2005），本名李尧棠，字芾甘，四川成都人。作家、翻译家、编辑家。曾任中国作家协会主席，《收获》杂志主编。有长篇小说《家》《春》《秋》《雾》《雨》《电》，随笔集《随想录》等。

西湖梦

/

余秋雨

一

西湖的文章实在做得太多了，做的人中又多历代高手，再做下去连自己也觉得愚蠢。但是，虽经多次违避，最后笔头一抖，还是写下了这个俗不可耐的题目。也许是这汪湖水沉浸着某种归结性的意义，我避不开它。

初识西湖，在一把劣质的折扇上。那是一位到过杭州的长辈带到乡间来的。折扇上印着一幅西湖游览图，与现今常见的游览图不同，那上面清楚地画着各种景致，就像一个立体模型。图中一一标明各种景致的幽雅名称，凌驾画幅的总标题是“人间天堂”。乡间儿童很少有图画可看，于是日日逼视，竟烂熟于心。年长之后真到了西湖，如游故地，熟门熟路地踏访着一个陈旧的梦境。

明代正德年间一位日本使臣游西湖后写过这样一

首诗：

昔年曾见此湖图，
不信人间有此湖。
今日打从湖上过，
画功还欠费工夫。

可见对许多游客来说，西湖即便是初游，也有旧梦重温的味道。这简直成了中国文化中的一个常用意象，摩挲中国文化一久，心头都会有这个湖。

奇怪的是，这个湖游得再多，也不能在心中真切起来。过于玄艳的造化，会产生一种疏离，无法与它进行家常性的交往。正如家常饮食不宜于排场，可让儿童偎依的妈妈不宜于盛装。西湖排场太大，妆饰太精，难以叫人长久安驻。大凡风景绝佳处都不宜安家，人与美的关系，竟是如此之蹊跷。

西湖给人以疏离感，还有别一原因。它成名过早，遗迹过密，名位过重，山水亭舍与历史的牵连过多，结果，成了一个象征性物象非常稠厚的所在。游览可以，贴近去却未免吃力。为了摆脱这种感受，有一年夏天，我跳到湖水中游泳，独个儿游了长长一程，算是与它有了触肤之亲。湖水并不凉快，湖底也不深，却软绒绒地不能蹬脚，提醒人们这里有千年的淤积。上岸后一想，我是从宋代的一处胜迹下水，游到一位清人的遗宅终止的。于是，刚刚抚弄过的水波就立即被历史所抽象，几乎有点不真实了。

它贮积了太多的朝代，于是变得没有朝代。它汇聚了太多的方位，于是也就失去了方位。它走向抽象，走向虚幻，像一个收罗备至的博览会，盛大到了缥缈。

二

西湖的盛大，归拢来说，在于它是极复杂的中国文化人格的集合体。

一切宗教都要到这里来参加展览。再避世的，也不能忘情于这里的热闹；再苦寂的，也要分享这里的一角秀色。佛教胜迹最多，不必一一列述了，即便是超逸到家了的道家，也占据了一座葛岭，这是湖畔最先迎接黎明的地方，一早就呼唤着繁密的脚印。作为儒将楷模的岳飞，也跻身于湖滨安息，世代张扬着治国平天下的教义。宁静淡泊的国学大师也会与荒诞奇瑰的神话传说相邻而居，各自变成一种可供观瞻的景致。

这就是真正中国化的宗教。深奥的理义可以幻化成一种热闹的游览方式，与感官玩乐融成一体。这是真正的达观和“无执”，同时也是真正的浮滑和随意。极大的认真伴和着极大的不认真，最后都皈依于消耗性的感官天地。中国的原始宗教始终没有像西方那样上升为完整严密的人为宗教，而后来的人为宗教也急速地散落于自然界，与自然宗教遥相呼应。背着香袋来到西湖朝拜的善男信女，心中并无多少教义的踪影，眼角却时时关注着桃红柳绿、莼菜醋鱼，是山水走向了宗教？抑或是宗教走向了山水？反正，一切都归之于非常实际，又非常含糊的感官自然。

西方宗教在教义上的完整性和普及性，引出了宗教改革者和反对者们在理性上的完整性和普及性；而中国宗教，不管从顺向还是逆向都激发不了这样的思维习惯。绿绿的西湖水，把来到岸边的各种思想都款款地摇碎，溶成一气，把各色信徒就陶冶成了游客。它波光一闪，嫣然一笑，科学理性精神很难在它身边保持坚挺。也许，我们这个民族，太多的是从西湖出发的游客，太少的是鲁迅笔下的那种过客。过客衣衫破碎，脚下淌血，如此急急地赶路，也在寻找一个生命的湖泊吧？但他如果真走到了西湖边上，定会被万千悠闲的游客看成是乞丐。也许正是为此，鲁迅劝阻郁达夫把家搬到杭州：

钱王登假仍如在，
伍相随波不可寻，
平楚日和憎健翮，
小山香满蔽高岑。
坟坛冷落将军岳，
梅鹤凄凉处士林，
何似举家游旷远，
风波浩荡足行吟。

他对西湖的口头评语乃是：“至于西湖风景，虽然宜人，有吃的地方，也有玩的地方，如果流连忘返，湖光山色，也会消磨人的志气的。如像袁子才一路的人，身上穿一件罗纱大褂，和苏小小认认乡亲，过着飘飘然的生活，也就无聊了。”（川岛：《忆鲁迅先生一九二八年杭州之游》）

然而，多数中国文人的人格结构中，对一个充满象征性和抽象度的西湖，总有很大的向心力。社会理性使命已悄悄抽绎，秀丽山水间散落着才子、隐士，埋藏着身前的孤傲和身后的空名。天大的才华和郁愤，最后都化作供后人游玩的景点。景点，景点，总是景点。

再也读不到传世的檄文，只剩下廊柱上龙飞凤舞的楹联。

再也找不见慷慨的遗恨，只剩下几座既可凭吊也可休息的亭台。

再也不去期待历史的震颤，只有凛然安坐着的万古湖山。

修缮，修缮，再修缮。群塔入云，藤葛如髯，湖水上漂浮着千年藻苔。

三

西湖胜迹中最能让中国文人扬眉吐气的，是白堤和苏堤。两位大诗人、大文豪，不是为了风雅，甚至不是为了文化上的目的，纯粹为了解除当地人民的疾苦，兴修水利，浚湖筑堤，终于在西湖中留下了两条长长的生命堤坝。

清人查容咏苏堤诗云："苏公当日曾筑此，不为游观为民耳。"恰恰是最懂游观的艺术家不愿意把自己的文化形象雕琢成游观物。于是，这样的堤岸便成了西湖间特别显得自然的景物。不知旁人如何，就我而论，游西湖最畅心意的，乃是在微雨的日子，独个儿漫步于苏堤。也没有什么名句逼我吟诵，也没有后人的感慨来强加于我，也没有一尊庄严的塑像压抑我的松快，它始终只是一条自然功能上的长堤，树木也生得平适，鸟鸣也听得自如。这一切都不是东坡学士特意安排的，只是他到这里做了太守，办了一件尽职的好事。就这样，才让我看到一个在美的领域真正卓越到了从容的苏东坡。

但是，就白居易、苏东坡的整体情怀而言，这两道物化了的长堤还是太狭小的存在。他们有他们比较完整的天下意识、宇宙感悟，他们有他们比较硬朗的主体精神、理性思考，在文化品位上，他们是那个时代的峰巅和精英。他们本该在更大的意义上统领一代民族精神，但却仅仅因辞章而入选为一架僵硬机体中的零件，被随处装上拆下，东奔西颠，极偶然地调配到了这个湖边，搞了一下别人也能搞的水利。我们看到的，是中国历代文化良心所能做的社会实绩的极致。尽管美丽，也就是这么两条长堤而已。

也许正是对这类结果的大彻大悟，西湖边又悠悠然站出来一个林和靖。他似乎把什么都看透了，隐居孤山二十年，以梅为妻，以鹤为子，远避官场与市嚣。他的诗写得着实高明，以“疏影横斜水清浅，暗香浮动月黄昏”两句来咏梅，几乎成为千古绝唱。中国古代，隐士多的是，而林和靖凭着梅花、白鹤与诗句，把隐士真正做地道、做漂亮了。在后世文人眼中，白居易、苏东坡固然值得羡慕，却是难以追随的；能够偏偏到杭州西湖来做一位太守，更是一种极偶然、极奇罕的机遇。然而，要追随林和靖却不难，不管有没有他的才分。梅妻鹤子有点烦难，其实也很宽松，林和靖本人也是有妻子和小孩的。哪儿找不到几丛花树、几只飞禽呢？在现实社会碰了壁、受了阻，急流勇退，扮作半个林和靖是最容易不过的。

这种自卫和自慰，是中国知识分子的机智，也是中国知识分子的狡黠。不能把志向实现于社会，便躲进一个自然小天地自娱自耗。他们消除了志向，渐渐又把这种消除当作了志向。安贫乐道的达观修养，成了中国文化人格结构中一个宽大的地窖，尽管有浓重的霉味，却是安全而宁静。于是，十年寒窗，博览文史，走到了民族文化的高坡前，与社会交手不了几个回合，便把一切沉埋进一座座孤山。

结果，群体性的文化人格日趋黯淡。春去秋来，梅凋鹤老，文化成了一种无目的的浪费，封闭式的道德完善导向了总体上的不道德。文明的突进，也因此被取消，剩下一堆梅瓣、鹤羽，像书签一般，夹在民族精神的史册上。

四

与这种黯淡相对照，野泼泼的，另一种人格结构也调

林和靖与梅花

皮地挤在西湖岸边凑热闹。

首屈一指者，当然是名妓苏小小。

不管愿意不愿意，这位妓女的资格，要比上述几位名人都老。在后人咏西湖的诗作中，总是有意无意地把苏东坡、岳飞放在这位姑娘后面："苏小门前花满枝，苏公堤上女当垆"；"苏家弱柳犹含媚，岳墓乔松亦抱忠"……就是年代较早一点的白居易，也把自己写成是苏小小的钦仰者："若解多情寻小小，绿杨深处是苏家"；"苏家小女旧知名，杨柳风前别有情"。

如此看来，诗人袁子才镌一小章曰，"钱塘苏小是乡亲"，虽为鲁迅所不悦，却也颇可理解的了。

历代吟咏和凭吊苏小小的，当然不乏轻薄文人，但内心厚实的饱学之士也多的是。在我们这样一个国度，一位妓女竟如此尊贵地长久安享景仰，原因是颇为深刻的。

苏小小的形象本身就是一个梦。她很重感情，写下一首《同心歌》曰"妾乘油壁车，郎跨青骢马，何处结同心，西陵松柏下"，朴朴素素地道尽了青年恋人约会的无限风光。美丽的车，美丽的马，一起飞驶疾驰，完成了一组气韵夺人的情感造像。又传说她在风景胜处偶遇一位穷困书生，便慷慨解囊，赠银百两，助其上京。但是，情人未归，书生已去，世界没能给她以情感的报偿。她并不因此而郁愤自戕，而是从对情的执着大踏步地迈向对美的执着。她不愿做姬做妾，勉强去完成一个女人的低下使命，而是要把自己的美色呈之街市，蔑视着精丽的高墙。她不守贞节只守美，直让一个男性的世界围着她无常的喜怒而旋转。最后，重病即将夺走她的生命，她却恬然适然，觉得死于青春华年，倒可给世界留下一个最美的形象。她甚至认为，死神在她十九岁时来访，乃是上天对她的最好成全。

难怪曹聚仁先生要把她说成是茶花女式的唯美主义者。依我看，她比茶花女活得更为潇洒。在她面前，中国历史上其他有文学价值的名妓，都把自己搞得太逼仄了。为了一个负心汉，或为了一个朝廷，颠簸得过于认真。只有她那种颇有哲理感的超逸，才成为中国文人心头一幅秘藏的圣符。

由情至美，始终围绕着生命的主题。苏东坡把美衍化成了诗文和长堤，林和靖把美寄托于梅花与白鹤，而苏小小，则一直把美熨帖着自己的本体生命。她不作太多的物化转捩，只是凭借自身，发散出生命意识的微波。

妓女生涯当然是不值得赞颂的，苏小小的意义在于，她构成了与正统人格结构的奇特对峙。再正经的鸿儒高士，在社会品格上可以无可指摘，却常常压抑着自己和别人的生命本体的自然流程。这种结构是那样的宏大和强悍，使生命意识的激流不能不在崇山峻岭的围困中变得恣肆和怪异。这里又一次出现了道德和不道德、人性和非人性、美和丑的悖论：社会污浊中也会隐伏着人性的大合理，而这种大合理的实现方式又常常怪异到正常的人们所难以容忍。反之，社会历史的大光亮，又常常以牺牲人本体的许多重要命题为代价。单向完满的理想状态，多是梦境。人类难以挣脱的一大悲哀，便在这里。

西湖所接纳的另一具可爱的生命是白娘娘。虽然只是传说，在世俗知名度上却远超许多真人，因此在中国人的精神疆域中早就成了一种更宏大的切实存在。人们慷慨地把湖水、断桥、雷峰塔奉献给她。在这一点上，西湖毫无亏损，反而因此而增添了特别明亮的光色。

她是妖，又是仙，但成妖成仙都不心甘。她的理想最平凡也最灿烂：只愿做一个普普通通的人。这个基础命题的提出，在中国文化中具有极大的挑战性。

中国传统思想历来有分割两界的习惯性功能。一个混沌的人世间，利刃一划，或者成为圣、贤、忠、善、德、仁，或者成为奸、恶、邪、丑、逆、凶，前者举入天府，后者沦于地狱。有趣的是，这两者的转化又极为便利。白娘娘做妖做仙都非常容易，麻烦的是，她偏偏看到在天府与地狱之间，还有一块平实的大地，在妖魔和神仙之间，还有一种寻常的动物：人。她的全部灾难，便由此而生。

普通的、自然的、只具备人的意义而不加外饰的人，算得了什么呢？厚厚一堆二十五史并没有为它留出多少笔墨。于是，法海逼白娘娘回归于妖，天庭劝白娘娘上升为仙，而她却拼着生命大声呼喊：人！人！人！

她找上了许仙，许仙的木讷和萎顿无法与她的情感强度相对称，她深感失望。她陪伴着一个已经是人而不知人的尊贵的凡夫，不能不陷于寂寞。这种寂寞，是她的悲剧，更是她所向往的人世间的悲剧。可怜的白娘娘，在妖界仙界呼唤人而不能见容，在人间呼唤人也得不到回应。但是，她是决不会舍弃许仙的，是他，使她想做人的欲求变成了现实，她不愿去寻找一个超凡脱俗即已离异了普通状态的人。这是一种深刻的矛盾，她认了，甘愿为了他万里迢迢盗仙草，甘愿为了他在水漫金山时殊死拼搏。一切都是为了卫护住她刚刚抓住一半的那个“人”字。

在我看来，白娘娘最大的伤心处正在这里，而不是最后被镇于雷峰塔下。她无惧于死，更何惧于镇？她莫大的遗憾，是终于没能成为一个普通人。雷峰塔只是一个归结性的造型，成为一个民族精神界的怆然象征。

1924年9月，雷峰塔终于倒掉，一批“五四”文化闯将都不禁由衷欢呼，鲁迅更是对之一论再论。这或许能证明，白娘娘和雷峰塔的较量，关系着中国精神文化的决裂和更新？为此，即便明智如鲁迅，也愿意在一个传说故事的象征意义上深深沉浸。

鲁迅的朋友中，有一个用脑袋撞击过雷峰塔的人，也是一位女性，吟罢“秋风秋雨愁煞人”，也在西湖边上安身。

我欠西湖的一笔宿债，是至今未到雷峰塔废墟去看看。据说很不好看，这是意料中的，但总要去看一次。

选自2000年东方出版中心《文化苦旅》

余秋雨，1946年生，浙江余姚人。散文家、文化学者。曾任上海戏剧学院院长。有散文集《文化苦旅》《山居笔记》《千年一叹》等，学术专著《戏剧审美心理学》《艺术创造论》，小说《冰河》《空岛》等。

所爱

杭州花事

/

王旭烽

少年时读诗，喜欢“红雨随心翻作浪”一句，潇洒得美丽。当时孤陋寡闻，不知“红雨”典出何处，后来倒是在汤显祖的《牡丹亭·惊梦》中找到一处。花神上场曰：“蘸客伤心红雨下，勾人悬梦彩云边。”

原来，红雨是才子佳人浓情蜜意时被突然惊动的纷纷落花。这样想来，落花纷纷之日，便是美丽的事物登峰造极之时，又是美妙绝伦之后下降的伊始。红雨闪碎，伤春如斯，在失去的过程中，不断闪现又消失。这样明明灭灭、飘逸着永恒与瞬间的叹息，红雨也就下得重重叠叠了。

知道好花是不常开的，开时便万分珍惜，对花的珍惜，本质是欣赏。一千年前，吴越王钱镠的妃子回家探亲去了，这贩私盐出身的武夫国王，锦书一封，对爱妃说：“田野上的花儿都开了。你细细欣赏，迟一点回来吧。”一言既出，竟成为千古佳话，樵夫牧童们用他们自己的语言唱道："陌上花开蝴蝶飞，皇帝老子想嬉戏，春气发动真难熬……"一唱就那么唱了一千年。

二月十五花朝节

陌上花开，岂止皇帝老子嬉戏！杭州人赏花，可谓流风悠久矣。

农历二月十五，从前一直是杭州人的花朝节。这个节日的来历，倒真的是有些不明了，大概是因为"花朝月夕"那一句俗语。而二、八两月又为春与秋之中，八月半既然给了月夕，那二月半自然就得给花朝了。

宋代有花间扑蝶的传统民间游戏，后来是没有了，但明清时二月香市，倾城仕女皆往寺院，据说就是它的遗俗，可见杭人围绕花的种种生命表现是很丰富的。陆游有"小楼一夜听春雨，深巷明朝卖杏花"之说，那条深巷即今日杭城孩儿巷。巷子的确深长，巷口尚有碑记之，惜杏花女无存。

花朝时节，杭州马塍园丁可就忙坏乐坏了，他们竞相挑着花担子上街叫卖，那声音，跟唱歌似的，好听着呢。有个叫黄子常的人，专门作了一首《卖花声》，词曰：

人过天街晓色，担头红紫。满筠筐，浮花浪蕊。画楼睡醒，正眼横秋水。听新腔，一回催起。　　吟红叫白，报得蜂儿知未？隔东西，余音软美。迎门争买，早斜簪云髻，助春娇，粉香帘底。

要说当时的杭州，最有名的花，大概要推桂与荷了。柳永为什么要写“有三秋桂子十里荷花”呢？据说金主完颜亮就是读了柳永的词才动了立马吴山之念的。有人不怨朝廷腐败，倒怨起桂与荷来，写诗说：“谁把杭州曲子讴？荷花十里桂三秋。哪知卉木无情物，牵动长江万里愁。”

有个叫罗经纶的不同意这种看法，说：“荷花艳，桂花香，只是为了装点湖山更加美丽，可恨那些士大夫，竟因此流连歌舞，忘了中原，那不是花的罪过啊。”

杭人还是喜欢花的，便有了花神庙。

这个花神庙，又叫湖山神庙，就在今日苏堤的跨虹桥西面。1731年，浙江总督李卫在他所撰的《湖山神庙记》中，倒是对杭州的花市作了一番形容：

西湖自正月至十二月，无月无花，无花不盛，亦必有主之者已……土性固宜果木，而余连年来又加意

花朝节

培植。环湖远近三十里，高下曲折，红紫相间，一望几无隙地……因为屋数楹，中设湖山正神，旁列十二月花神，而加以闰月，各就其月之花，表之冠裳，以为之识。

人家看了那泥塑的湖山正神，哑然失笑，那不是李卫自己的像吗？那十二花神，不用说，便是他的妻妾了，那可真是叫“借花造佛”了。虽俗，却也不是恶俗，给西湖花事平添一点逸事罢了。

如今那花神庙也荡然无存了。

花朝花神俱往矣，然西湖花事依旧。

春天，花太多了，是“乱花渐欲迷人眼”。常人多去苏、白二堤观桃花，还有个地方叫花圃，那也是个万花云集的地方。这样的赏花，真正是走马观花了，我不为也。

极早的春，路过望湖楼，见丛丛木樨花开，黄黄白白，绒绒簇簇，星星点点。“去看木樨花吧。”我说。人却答：“木樨花是谁？”便错过了，不日便绿荫满枝。

接着，是那重瓣茶花浓红坠地的时节。落花惊动人绪，使人生出杜丽娘般的感慨——“良辰美景奈何天，赏心乐事谁家院……”

也有心旷神怡之时，手握唐诗一卷，去湖畔踏春，黄昏时分，寂无一人，有白玉兰大瓣徐下，无声落于脚跟，冥冥间，疑有仙人至。此时读王维《辛夷坞》，一派高逸：“木末芙蓉花，山中发红萼。涧户寂无人，纷纷开且落。”

想那盛唐诗人王维，独对红萼，一年花期，纷纷扬扬，就此了解。人花的两两相忘，造化的玄妙，时光的神秘，万千情怀，尽在其中了。

花事的如潮，当在杭城四五月间。花港观鱼有牡丹，太子湾有郁金香，大街小巷有蔷薇。夹道迎送，眼花缭乱。

花其实是无限清高的，你访她，她落；你不访，她也落。比如年年暮春都看紫藤，得有心人指点，知柳浪闻莺及镜湖厅两处最佳。植物园似有白紫藤，梦里寻到过，今年怠慢了，站在满头绿璎珞下，陡然恍然。

夏日访荷

夏日访花，自然是访荷，有曲院风荷在。池内种红莲、白莲、重台莲、洒金莲、并蒂莲等，还有叶片直径一米多的大王莲和几厘米的碗莲。访荷也是有秘诀的，宜在清晨，因荷花天微明时放，待大亮，它倒又行复合了。我从前是花迷，常行舟于放鹤亭，于岸上藤椅中躺下，尝藕粉，品新茶，以作早餐，再补睡一觉。那可真是晨风徐来，荷香欲醉了。

秋日赏桂

“桂子月中落，天香云外飘。”秋日的赏桂，一般都是去满觉陇。满陇桂雨，已是一新的胜景，然人多嘴杂，熙熙攘攘，反倒无秋意了。其实沿西湖周遭公园，都有桂，许多机关大院中，桂雨如潮，一点也不比外面的差。从前杭人有句俗语叫“钱王祠里看桂花”，今虽已无，但他处并不缺桂。我因家住植物园附近，秋夜，常去园中桂下品茗。人少花香，桂花落于杯中茶内，落于肩，落于桌，落于椅，落于这无边黑夜。万籁俱寂中，便想起那一年秋，父亲坐在病房的阳台上，看女儿捡满地落桂。记得女儿听那极细的落花声，在心中自语：“明年不能再来了，明年不再有父亲了。”愁肠百结，唯落花知。

明年，果然不再有父亲。

走进深秋，去岳王路花鸟市场捧回菊花数盆。柳浪闻莺，每年的菊展自然又是不可错过的了。转眼间，西湖的冬天来到了。

冬日孤山赏梅去

冬日赏花，必赏梅，孤山梅花，早借“林和靖之妻”的身份而名扬四海。“疏影横斜水清浅，暗香浮动月黄昏。”若非西子湖，到哪里去寻这般境界？然今日赏梅又有一佳处，曰灵峰，位于玉泉山北面，梅之品种达四十五个。余杭又有超山梅花，也是一片香雪海。花中之梅，品格最高，既栽西湖，便具人文之美，神清骨秀，幽独超逸，风韵绝伦，有雪衬之，无言可喻。

杭州赏花，赏到如此品位，足矣。

写于2001年

王旭烽，1955年生，浙江平湖人。作家、茶文化学者、浙江农林大学教授，茅盾文学奖获得者。有长篇小说“茶人三部曲”（《南方有嘉木》《不夜之侯》《筑草为城》）、《望江南》，中篇小说系列《西湖十景》，报告文学《家国书》，散文《瑞草之国》《走读西湖》，专著《茶文化通论：品饮中国》等。

就像某种爱情被写进了诗歌

/

卢文丽

如果你在一个城市生活了几十年，那么自然会对那个城市的脉络了若指掌，你在那里消磨的每一寸光阴，像沙子一般从你的指缝间缓缓而过。

杭州这座南方的梦幻之城，它的质感与诗意曾被赋予无限的浪漫与遐想。当你的思绪触及它的版图并延伸到那些具体而微的细节时，它们便像暗夜中的霓虹唇彩一般闪闪发光，每一条街巷都布满了温暖触觉。

我怀着如此眷恋的心情说到南山路，因为那里曾经走过我的童年和少年。那时，从我家所在的军区大院出发，向左拐个弯，一面温柔平静的湖水，就会呈现眼前。从童年到少年，我几乎天天看到这面湖。放学时，我垂荡着书包，沿长桥公园走回家，一路看人家在湖边钓鱼摸虾。一泓湖水在散落的村舍、菜花和稻麦的呵护下，静静地流。夏日里，我常跟小伙伴们坐在发烫的岸边，脱了凉鞋，把脚直接浸进湖水，那股沁入肺腑的气息，给我留下了亲切印象。

南山路有着许多黑白相间的砖墙、矮而典雅的小楼，透过树叶的缝隙，蓝丝绒一样的天空传递着慵懒。高大、茂密的法国梧桐是南山路的标记，我曾无数次在暮色与晨曦中辨认过它们，目光从一棵树移向另一棵树，仿佛追逐枝头跳跃的鸟儿，我以这种方式度过了许多寂寞时光。

沿南山路一直向前走，便是柳浪闻莺。早春时节，那儿绿盈盈的湖水、飞舞的细柳枝、泛绿的浅草，十分地清新明快。每当熏风拂过，大片大片的樱花树上，便会飞起无数吹弹欲破的浅色花瓣，好似簌簌飞雪，在草坪和人行道上，落下满地令人心惊的碎锦。那时，我常来湖边小坐，膝盖上搁一本书，听遥远的湖面传来水鸟的鸣叫，像所有青春期女孩一样，静谧的湖水往往将我引入一个充满惆怅的境界。

南山路最美的光景是秋天。头顶是碧蓝的天，身畔是澄澈的水。灿烂翻滚的梧桐叶，似一匣子打翻了的红黄色玛瑙。秋风拂过，飘飘洒洒的黄叶像流浪的小舟泊满街巷，又仿佛一首首流落人间的诗篇。

如今的南山路不乏风情别具的餐厅、茶楼以及小而雅致的酒吧，透过落地玻璃窗，斑驳街景和湖光山色尽收眼底。净慈寺、双投桥、清照亭、勾山樵舍，是南山路沿途的点缀。河坊街离南山路也不远，那儿曾是南宋时期的皇城根儿：清一色的青石板路、林立的老店商铺，让人仿佛走在历史的册页里。

无论白昼还是黑夜，明朗轻快的北山路都是迷人的。四季中的每一天，一天中的每个时辰，都有着不同的诠释。就我个人而言，北山路是一个冥想的对象，这种种冥想最初是由少年时一些关于断桥的素描和水彩画所唤起的。

北山路是一条拥有无数庭院之光的梦之路。梦的起源，是无数堆积的过往，以及那些与时间相关的雨丝风片。与北山路相关的，有望湖楼、“云水光中”等亭台水榭，以及《白蛇传》、放鹤亭、系缆石、慕才亭、岳飞庙等神话典故。你可在此远眺白堤桃柳，近观湖光山色，聆听孤山飘来的空谷传声，沿着北山路，你还可以上宝石山看流霞、登葛岭、品香茗。雪霁时分，断桥桥身上的积雪被日光一照，铅华尽滤，你的心头会不由得生出一种“拔剑四顾心茫然”的惆怅，以及“日暮乡关何处是”的飘零。

北山上的每一幢建筑都是有故事的，依山傍水，对应着波光与荷香。这里有过深宅大院的雕花门楼，也有过暮鼓晨钟的寺庙庵堂，有铸铁大门的西式别墅，也有白墙黑瓦的中式宅院。坚匏别墅、省庐、静逸别墅、抱青别墅、秋水山庄是北山路沿途的点缀，这些建筑大多有着风雅的名字、青石的柱子、落地的花窗、精致的庭院，显得清幽而雅逸。当夏日的湖水被夕阳妆成一抹胭脂色，早年，傍晚时分，住在荷塘边的人家，会陆续搬了小桌椅出来，对着湖水，摇着芭蕉扇，食着家常小菜，体味一种温风如酒的惬意。

不妨择一个午后，迈入首届西湖博览会工业馆。这幢淡黄色的建筑，让人重温上世纪三十年代那个多元文化时期的中国梦，眼前仿佛涌现摩肩接踵的人群、琳琅满目的国货精品，鼻子里充斥着胡庆余堂中药、孔凤春招牌鹅蛋粉混合的气息，昔日车水马龙、流光溢彩的情景犹在眼前。这场盛会代表了中国资产阶级黄金时代的巅峰。

长长的苏堤宛如一阙格调清新的词，映波、锁澜、望山、压堤、东浦、跨虹六座石拱桥，从南至北，恰到好处地烘托出意境。走在含烟凝翠垂柳拂水的清丽氛围中，你的脑海里会不由自主地浮现“映面花红焰焰开，分袍草绿凄凄长”、“画舫停桡观翠袖，长堤勒马踏晴烟”这样的诗句。

夜晚的苏堤，空气里飘浮着爱情的气息，衣香鬓影的恋人夜莺般隐现于绿荫草丛，在冷色调的夜灯下沿堤小坐，打量着湖面上的桨声灯影、不远处璀璨的人间浮华。你的心中会交织起恍然若梦的虚空，体味到孤独的人是可耻的。

满觉陇弥漫着一种旧时的浪漫，宛如黑白影片的基调，这是一处可以将你的灵魂和目光吸引、夺去和消蚀的地方。最好是冬天的傍晚，刚下过一场小雪，清冽的空气中，有梅香隐隐而至，路上应该是没有人影的，除了你和他。你们相依走着，仿佛前生就已相识，他轻轻握住你的手，掖进温暖厚实的大衣口袋。偶有几星灯光，漏出路旁白雪覆住的桂树和屋舍，在黑暗中闪烁不定，于萧瑟中流淌着一种淡而暖的甜蜜，仿佛红尘之外的拥抱，以及隐匿于月光和星子背后的长长的伤逝。

写于2002年

卢文丽，1968年生，浙江杭州人。诗人、小说家、媒体人。杭州市作家协会副主席、中国诗歌学会理事。有《我对美看得太久——西湖印象诗100》《韩国姑姑》《外婆史诗》等诗歌、散文、小说集12部。

戏曲杭州

/

郭　梅

辛丑暮春，一个美好的夜晚，我人未能到蝴蝶剧场，心却飞去了——我的学生们正在那儿欣赏越剧史上第一部女花脸主演的剧目《包公泪》。他们中，有跟我看戏十数年的“老戏迷”，更有第一次踏入剧场的“新手观众”。

《包公泪》，顾名思义，讲的是包拯铁面无私铡亲侄包勉的故事。剧情并不复杂更不新鲜，但旧瓶装新酒，深刻反映了包拯的刚正不阿和无尽的无奈：“为叔我并非天生是铁面，怎奈是大宋天下民多冤。为叔我愿见青苔满牢监，怎奈是魑魅魍魉遍人间……我岂能够责人严责亲从宽。”主演沈敏与我一闺蜜同名同姓，我俩虽未曾谋面却似旧识，我对她的新戏的关注自然也便不仅因我是戏曲专业出身的“专业戏曲义工”了。

夜，渐渐深了。

“老师，我们已在赶寝室门禁了。戏太好看啦，我一定要写剧评！”这是第一次看越剧的福建姑娘的微信，匆忙中透着小激动。

“老师，戏很好，有创新。”这是随我出入剧场多年的小伙子的留言，简明扼要，他的剧评值得期待。

不知怎的，突然想起十余年前，也是一个春风沉醉的夜晚，我和学生们又一次来到熟悉的胜利剧院——浙江昆剧团正在献演新编历史剧《红泥关》。该剧故事源于《说唐全传》，讲述虹霓关守将辛文礼被王伯党射死，辛妻东方氏为夫报仇，上阵生擒王伯党，却转而慕其英俊而改嫁之，最后被王所杀。《红泥关》反老戏《虹霓关》其道而行之，不仅给女主取了一个好听的全名东方秀，而且剧中的她也不再痛苦失望、含恨死去——她不但嫁给了王伯党，还与瓦岗群雄共同抵抗隋军，最终迎来大团圆结局。当然，我之所以选择带一帮戏曲“菜鸟”观摩该剧，最重要的理由其实并非该剧之创新，而是因为戏里有精彩至极的武戏，能牢牢吸引住原本与戏曲隔膜甚深的年轻人的眼球。换言之，“江南一条腿”林为林和他的团队卓绝的武功，是“戏曲义工”的最佳神助攻。

需强调的是，杭州和百戏之祖昆剧的渊源之深，并不亚于“浙江土特产”越剧。建国初，昆剧人才凋零，奄奄一息。1955年，周传瑛、王传淞等“传”字辈艺术家在原民间戏班“国风苏昆剧团”的基础上组建浙江昆剧团。它成为当时全国唯一的昆剧表演团体。翌年，浙昆排演经整理改编的传统剧《十五贯》，被《人民日报》誉为“一出戏救活了一个剧种”，而杭州也从此成为新中国昆剧的发祥地。

所以，我带学生观摩最多的，除了越剧就是昆剧。2005年，为了纪念丑角泰斗王传淞先生诞辰一百周年，全国昆剧名丑名剧展演在浙江音乐厅隆重“作场”，我照例带着学生们恭聆其盛。已有几年“昆龄”的学生不仅早就翘首以盼，且大都能看出点门道了。这个说，我喜欢王世瑶，那个说，我想给世铮一个碰头彩。还有几个则指着龙套群中的张志红等悄悄议论：“没想到名角也跑龙套唉。”而初次进剧场的学生则目不暇接。

散戏回家，还没容我坐定了喝口茶，QQ就嘀嘀响个不停。一个姑娘说：“光是布景、行头已经让我们连叫好看好看了。演员们开唱后，我们几只菜鸟就愈加忙乱，又要听他们唱，又要看字幕，还要看他们演。还好我们学的是中文，什么〔滚绣球〕之类的还算明白。”另一个则道：“从小到大总觉得中国传统戏曲高高端坐在古老时间隧道另一端的木制舞台上，陌生、陈旧，遥不可及。但刚才只觉得千年的历史在我的眼前缩短为零，我从此要真心地品读昆剧了。”还有位姑娘还说完全是卖我面子才去的，还带着十字绣，怕万一太过无聊也不至无事可做，正可给男友准备生日礼物。却不料戏竟如此迷人，两个多小时仿佛转瞬即逝，那十字绣早抛九霄云外去了，还反复央告："下次有戏千万还叫我啊！"——此后她随我穿梭于杭州剧院、杭州大剧院等，如今自然又加上了颇具"蝴蝶效应"的蝴蝶剧场。

有一次，在东坡剧院门口，我邂逅了一个老学生，她腼腆地向我介绍身边的小伙子："以后老师看戏不用叫我了，我的戏票都归他买啦。"我会心地微微一笑，转身在手机上跟熟悉的演员朋友"邀功请赏"："剧场里黑发人越来越多啦，要不要犒劳犒劳我呀？"

写于2005年

郭梅，1967年生，浙江杭州人。杭州师范大学教授、浙江散文学会理事。主要研究戏曲及传统文化，曾获冰心散文奖、浙江省哲社奖、浙江文艺评论奖。有散文集《我心如舟》等。

月上龙坞

/

苏沧桑

一

圆月从后山升起，中间是耀眼的白光，周围是粉色的云，向晚的夜空仿佛一张微醺的脸。我们就着月色喝最后一口杨梅酒的时候，听见月色里亮起一声“老黄——”

这是初春的龙坞，西湖之西、钱塘江之北，一个离杭州只有十五公里的世外桃源，千亩茶园连绵起伏，散落着一户户茶农人家。离清明节还有五天，对于以西湖龙井茶为生的村民们来说，是金子般的五天。

茶农黄建春的炒茶坊里，蒸腾着这个春天最浓郁的香气。自从祖先与一片叶子在森林相遇，茶在波澜起伏的人类进程里就扮演着各种风雅角色。而对于黄建春一家，茶就是茶，是土地的馈赠，安身立命的根本。

踏月而来的，是一位茶人——与黄建春家一墙之隔的求是茶园园主王如苗，跟在他身后的，是即将来杭攻读茶文化博士的美国小伙戴伦。

十年来，农历二月二过后的每个清晨，王如苗都会一个人沿着求是茶园旁蜿蜒的小路走一段，先经过比邻的黄建春的茶垄，慢慢下坡，走向开阔处，展眼便是黛色的远山和一垄垄碧绿的茶园，低低萦绕着白色的云雾。一声声鸟鸣从经过一夜沉静的空气中穿行而过，叫声比露珠更为清冽，而一夜之间冒出来的芽尖，也像一张张雀嘴在鸣叫。他常常想，一定不只我一个人知道，一杯茶里，藏着多么美好的清晨。

古时，将采茶时节上门来寻茶、留宿或相帮的朋友，叫做“茶亲”。此时，王如苗是，我也是，戴伦也是。一见如故的三个人像古人一样，坐在黄建春炒茶坊前的空地上喝茶。普通的玻璃杯，几张顺手拉过来的骨牌凳和矮竹椅。用最舒服的姿势坐到一张矮竹椅上，感觉一左一右都是我多年的兄弟。围着我们的，还有十几个竹篮竹篓竹筛竹簸箕，还有老茶树们，以及一只脚受了伤的猫。

皓月当空，人在草木间，空气里有三种茶香——一种是炒茶的干香，一种是明前茶茶汤的润香，还有一种是茶树呼出的气息，在月光里暗暗浮动。我恍若觉得，此时月下喝茶的，不止三人，而是对影成六人，九人，无数人……

是第一次与茶相遇的猎人或者神农，是留下划时代茶学专著《茶经》的茶圣陆羽，是首创“佛茶一家”的茶祖吴理真，是第一次写下“茶人”二字的汉唐诗人皮日休、陆龟蒙，是手书“茶禅一味”的宋代圆悟克勤禅师，是吟出“从来佳茗似佳人”等千古绝句的苏轼，还有宋徽宗赵佶，还有将狮峰山下十八棵茶树封为“御茶”的乾隆……一片树叶，与人类的第一次结盟后，用它小小的身躯占领了地球上三百万公顷的土地。一杯弱水，由实物蜕变为灵物，在历史时空里腾云驾雾，既左右着人类文明的进程，又让无数素昧平生的平凡人像家人一样坐在同一轮圆月下寻得清净自在，就像此刻的我、王如苗、戴伦，还有仍在炒茶的黄建春。

王如苗说，半个月前，下午三点，早春头一批西湖龙井刚炒好出锅，门外响起一个熟悉的声音——新茶好喝了吗？

进来的是一位山东大汉——他在济南开茶庄的茶友，居然独自一人开了八小时的车来到求是茶园，事先并没有告知任何人。

王如苗心里诧异，笑问缘由。答曰，只为品鉴早春第一泡西湖龙井。

王如苗问，你怎么知道今年第一泡龙井正好今天下午有？

他笑，昨天看到你朋友圈说今天开采了。

两人在茶桌前一一坐定。那个下午的第一口西湖龙井，王如苗尝出了与往年不同的滋味，和胃一起慢慢热起来的，还有眼眶，还有心。

二

月上柳梢时，她们已经睡下了。

惊蛰过后，春分之前，油菜花铺满江南大地时，采茶女们被村里的茶头带领着，浩浩荡荡从江西或安徽等地出发，坐十多个小时的火车抵达杭州，抵达一个个正在萌芽吐翠的茶园。

她们大多五六十岁，做了祖母或外祖母，大多不愁温饱，但一年一度二十天的采茶工收入，关乎她们的生活质量，可以补贴家用、零花，或攒足一根金项链、一对金耳环。拖着肿胀的双腿来到茶村后，她们被随机摊派到需要帮工的茶农家里。每天凌晨五点到傍晚五点，除了吃午饭，中间不休息，不敢多喝水，尽量不上厕所，晚上八点多就睡觉，睡通铺或地铺。如此，包吃包住一百多元一天。

马达加斯加的卷尾猴有着独特的歃血为盟的方式：把手指放进对方鼻孔，让对方碰触自己的眼球，以示在性命攸关的战斗中保持极度信赖。1斤茶需要一双手采摘56000次，按照采摘嫩度的不同，分为莲心、旗枪、雀舌，构成龙井茶的品质基础。采茶工是否用心，直接关系东家一家人一整年的生计。短短的二十天是一场“战斗”，他们“歃血为盟”，凭的仅仅是口头约定，还有良心。

午后寂静的时光里，滑过一声声鸟鸣，一朵朵云在天空默默无语，充耳不闻人间的悲喜。采茶女们双手戴着半截棉纱手套，每一个指甲都被茶汁浸染成黑色了，拇指和中指食指指肚的皮很厚，指纹已经被一道道纵横交错的裂纹代替。这些手指上仿佛长着眼睛，左手落在一片叶芽上时，余光已经瞟到右手要落到哪片叶芽，右手落下时，左手又有了着落，用的是食指和大拇指指尖的巧劲。升上拔起，只轻捻，不紧捏，不用指甲掐，太嫩了不行，太老了也不行。

每年清明前后，戴着斗笠、穿得花花绿绿的采茶女们静静散落在云雾绕缭的龙坞茶园，成为江南初春最美的景色，被摄入人们的镜头。镜头年年记录着这种美，却无法记录斗笠下通红的脸，湿透的头发，还有腿脚的酸痛。

此时，月光照见她们已经熄灯的窗口，让我想起一张

龙坞采茶

照片——是她们中的一位发在朋友圈里的合影。背景是一垄一垄绵延不尽的茶树和寂静的群山，她们大多笑得很腼腆，其中一位叫王中玉的笑得最开心，皱着鼻子，露着豁牙。

照片下写着：七仙女下凡。

三

月亮升到顶空时，月光落到龙坞茶农黄建春身上仿佛多了些重量，使得他的手势和脚步都渐渐沉重，像独自一人拖着一整个夜的黑。

“沙——沙沙”筛子旋转，茶叶飞起来，在月光下悬停一秒，或十分之一秒，落下，瀑布般闪亮，沙沙沙地落回筛子。一些分量轻一些的碎叶，便经他手腕的巧劲，飞离了筛子，落到了地上。

村里人都睡了，采茶工都睡了，他的家人也都睡了，他还在炒茶。除了吃饭，抽几口烟，他没有过片刻的休息。他的手，是天生炒茶的手：五指合并，严丝合缝，从指根到指尖，有微微弯曲的弧度，与炒茶锅紧紧贴合，手工炒茶的“抖、带、挤、甩、挺、拓、扣、抓、压、磨”十大手法一一精通。黄建春是村里炒茶炒得最好的人之一。他炒出来的茶叶，色绿、香郁、味甘、形美，尤其是色泽乌润，手感如同摸在丝绸上，无比光滑，拿到茶叶市场卖，一般比别人价格高一两百元。

第一锅新茶出来，叶底细嫩，如同花朵一般，他从来舍不得自己喝，喝的都是清明后采的老茶，卖相差的那种。不是喝不起，不是死要赚钱，是太辛苦了，只有他自己知道，在每一片茶叶上，他从未吝惜过自己的体力。

巨大的老香樟树像一双大手覆盖着炒茶坊，让他常想起父亲的大手。睡在山上的父亲说，这是老天的恩赐，传了1200多年，不能白白扔了。是啊，祖上传下来的茶园怎么能放弃呢？祖上传下来的手艺怎么能放弃呢？他不太懂茶文化的博大精深，却知道好好做茶、心无杂念、随遇而安，是最心安理得的谋生方式。

月光下，一丛丛老茶树站成了一块块沉默的石头。老茶树是祖上传下来的，年岁久了，乏力了，产量太低，味道较之新品种更为苦涩、浓烈。有人特别喜欢，但卖不出价格，几乎被茶农们放弃了，便任它自由生长，也不修剪，越长越高，越长越瘦，无人问津，野猫随意出入。

月光下，茶农黄建春微微弯着腰，用畚箕畚着茶，那么瘦，像一棵老茶树。

四

我睡在月光下的龙坞，做了一个关于茶的梦。我梦见我在一个梦境里外飘浮，如同立体的圆月亮在海平面上下浮沉。我在梦里捕捉着“它”——有时，它是一枚嫩叶，有时，它是一粒葵花籽大小的绿光，有时，它是玻璃杯里千万个跳舞精灵；它是解毒的良药，亦是喂给敌人的毒；是刀剑，亦是丝绸之路上的生命之饮；是禅院里的一缕青烟，亦是殿堂上的最高礼仪；是僧侣行囊中无上的佛法，亦是凡间最美的烟火；是诗人的酒，是酒的友，是他乡明月，是游子的根，路的尽头……

它在几近沸腾的温度里一次次涅槃，让万千生命在永恒的不完美中感受短暂的完美；比心脏更柔软的舌尖，为漫长的生命苦旅完成了一次次短暂的释放，哪怕只有一盏茶的时光。

而那些制茶的人们，手掌上沾染着泥土的温度，在我的梦里转身，面目清晰。他们从未想过要释放自己的艰辛和坚忍，累到极点时，也只是轻轻地、轻轻地叹了一口气。

梦被一声鸟鸣啄破，隔壁房间采茶工们洗漱和聊天的声音鱼贯而入。打开房门，黎明前最后的月光四处逃散，月亮放弃挣扎，向着山坳渐渐沉沦。

路灯尚未熄灭，采茶女们又出发去山上采茶了。不知谁说了个笑话，她们嘻嘻哈哈的笑声瞬间占领了被晨雾和露珠管制着的田野。

2018年7月

苏沧桑，1968年生，浙江杭州人。散文家。有散文集《淡竹》《天堂》《永远的港湾》《孤山不孤》《所有的安如磐石》《纸上》等。

桥边风景

/

安　峰

祥符镇，现在叫祥符街道，素有杭城“北门重镇”之称，它的名字来源于祥符桥。翻阅宋人写的《咸淳临安志》，就有祥符桥的大名，可见宋代这个地方就有了，掐指便有千年。现在横跨宦塘河的祥符桥重建于明代，桥上的石狮子见证了祥符五百年的烟火尘世。真的，你能想到的江南，在祥符都有。

祥符三茶

穿长衫的说书人，坐进祥符镇上的茶馆，照例要打开扇子摇一摇，清清嗓子，目光呈扇形向着座中，慢慢一掠。围上了桌套的桌子上，依次摆放着茶壶、手帕、醒木。折扇收拢了，放下，一口热茶徐徐咽下，随着那几句朗朗上口的定场诗——“武二英雄胆气壮，只身独上景阳冈，精拳打死山中虎，从此威名四海扬。”说书人扬起了手中的酸枝醒木，忽一顿，让醒木停在空中，并不马上拍下。是的，他这么轻轻一顿，就把祥符人的一口气吊起来了，后面的事，就好办了，听众会随他入港。

祥符茶馆的吃茶，历来有“三茶”一说，即早茶、午茶、晚茶。说书，则在午茶或晚茶时分。早茶呢，是伴随着候在茶馆门口等待开张的老茶客的咳嗽声，高高低低地，升起那一蓬蓬茶烟。烧桑柴或烧砻糠的老虎灶，火势甚猛，火舌能奋力舔到紫铜茶壶的壶嘴。水烧开撤壶时，能看见从星眼里蹿出的火苗，把半个屋子映红。挑柴的农民进了茶馆，卸下柴担，用挑来的柴禾换茶吃，挑得多，多吃几天茶，挑得少，少吃几天茶。这茶馆里的面孔，抬头不见低头见，往往熟得很。不过祥符是个水陆码头，往来人等较多，有些陌生面孔坐下吃茶，也没啥稀奇。天还黑着，祥符桥下的手摇船，已成了过江之鲫，船上的鲜鱼活鸡、蔬菜瓜果，都在聒噪声中等候搬运上岸。

某人见多识广，跑得地方多了，有时会自夸几句：“我走过的桥，比你走过的路还多。”不过，这句话放在祥符，就不太灵光，因为这里的小孩子，从穿开裆裤起就在桥头跑，跑过了祥符桥，跑过了阮家桥，跑过了渡驾桥。听听这些地名！咱们光说李家桥这一块吧，就有杀牛桥、长征桥、庵桥、寺桥、青龙桥、卖花娘子桥等等桥梁，而

祥符桥

地标性的桥梁建筑、全国重点文物保护单位祥符桥，则更是暗藏玄机。此桥乃明代所建，是5孔28米长的石梁桥。走到桥上，踏上块块石板，你总以为这是一座石板桥，殊不知嵌铺石板的石梁下面，还垫着硬木直梁呢！专家说了，这种明石暗木的木石结构，增加了桥体的抗压耐受力，延长了桥的寿命，好比给石桥又垫了一个木质靠枕，而置于木梁之上的石梁，又起到了遮挡和保护木梁的作用，正可谓“两梁相遇”，相得益彰。明代石梁桥在杭州，更是独此一家，别无分号。祥符桥的珍贵，也在此处。

祥符桥说是石梁桥，却木石亲密，互帮互助，也可看作是一个象征：对外来者的诚挚接纳与包容。

祥符啊，不愁吃不愁喝

原住吴山路126号的章柳娟，1965年4月把户口从湖滨街道迁出，前往祥符地区插队落户，迁移户口的用时，她说：“仅仅花了两分钟。”两分钟，命运就此改变了吗？章柳娟当时觉得，她插队落户的地方，似乎不够远，她本该走得再远一些，她想去地广人稀的边疆，她向往海阔天空，而祥符，似乎离杭州主城区太近了。她父亲每周骑着自行车，就能从吴山路骑到她的落脚地。怕她生活不习惯，父亲还时常带些家烧带鱼、霉干菜焐肉，给她来改善伙食，但做爹的马上发现，祥符这儿吃喝不愁。再往后，倒是要把此地一袋袋的番薯、一筐筐的鸡蛋，从祥符往城里搬了。

章柳娟的外公外婆，老家在无锡乡下，她的金色童年，是在那里无忧无虑地度过的。外婆说，你对无锡感情那么深，何不到无锡插队呢？这里是插，那里也是插。到那里，你还能住我们家的老房子，这房子你熟悉。房子是需要人气的，人不住，它也就败了。一个凉风习习的夏夜，在知青宿舍里吃过晚饭，章柳娟和同住的桂凤把门板卸下来，用清水擦一擦，她就躺在门板上想这桩心事。她要想一想离开祥符，转插他地的可能。但祥符这块土地，在她插队这两年，似乎伸出了一条又一条软软的瓜藤，牵丝攀藤地，缠着她，牵着她，让她难以离去……

一则，当地人没有排外的习气。也许因为是交通要津、江南小集镇，大家的心态也因此开放一些。章柳娟最初到了祥符，搭伙在孔家埭孔妈妈家里。对方的两个女儿已经出嫁，孔妈妈完全把她当成了自家女儿，有啥好吃的，先留给她。那道放锅里蒸的、酥酥的南瓜，放一勺酽酽的豆瓣酱，就是她在孔妈妈这里学的手艺。以后这道菜，就进了她的家常菜谱。

孔家埭为她们两位女知青的到来，特地建造了占地约40平方米的知青宿舍，顶上盖的是洋瓦。金肚皮阿良在房屋落成后，拿来了一捆铁丝，在宿舍的窗上左绕右绕地，拦起了一扇简易的“防盗窗”，他说这样对女孩子保险些，“篱笆扎得紧，野狗钻不进嘛”。又给屋后栽上了南瓜秧，培上土，说瓜蔓延上了屋顶，可以遮荫，看着也漂亮，果实成熟了，还能摘下来蒸蒸切切，做菜吃。

“双抢”时节，活儿干得根本停不下来。老练的割稻农民下田时会带一匹磨刀石，镰刀钝了，就赶紧磨一磨。田间地头，灌满了茶水的紫砂蛤蟆壶，反正不问是谁家的，章柳娟拿起就喝，咕嘟咕嘟猛灌一气，灌得舒爽了，用手背抹抹嘴巴，又重新投身稻田开干。但她操作镰刀的姿势还不熟练，那天，她刀锋一歪，“嚓”一下，就把左手的食指关节犁出一道伤口，鲜血一下嗞了出来。听到她“哎哟”一声，身边的国仙姑娘立马直起腰杆：“怎么啦?”她拨开伤口，看见柳娟这一刀深达骨头。她摸摸身上，也没有包扎的布条，就用指甲掐住裤子上的补丁，“刺啦”一下撕下来，绕在柳娟滴血的伤口上。手脚麻利的秀凤也连蹦带跳地过来，帮着国仙给柳娟包扎。“你手伤这么重，这一个星期啊，手就别下水了，干活有我们呢!”果真，以后一周的时间，村里这两个姑娘就轮流帮她来做饭、洗头、洗衣服，把她伺候得饭来张口，衣来伸手。是的，在祥符，她没有一丁点儿吃苦的感觉。这里一年四季瓜果飘香，遍地吃食。割稻的农民，时常在腰上系个小筐，因为指不定什么时候，一支蜿蜒的黄鳝就会从脚边腻腻滑过，伸手捞一把，把它丢进腰上的小筐里。这晚饭的菜盆里，就多了一道滋筋强骨的补品。

当然，田螺、泥鳅这些，都是随时可以照面的老伙计。几时嘴巴淡了，嚼不出个味道，就可以找它们商量商量，换换口味。鱼米之乡，鱼和米当然都拿得出手。鱼在清塘的时候，堆成一堆一堆，按工分来分配。稻谷装进麻袋，送到粮食收购检验员的眼前，他们的眼光可是贼亮贼亮的。一把V形戳刀，一刀扎进米袋，漏出的稻谷只须捻一捻，瞄一眼，就能判断稻谷含水量如何，是否要重新加工晒透。反正在章柳娟的记忆里，到了祥符，她从来没饿过肚子。和同伴走过赵家浜，会见到村姑拎着一只竹篮在掘茅草。草洗净了，味道甘甜；她走过宦塘河，河水清澈，孩子们举着一根“虾叉”——即顶端用铁丝缠住大号缝衣针的竹竿，像投掷标枪一样，向上举起，河里两寸长的虾即被叉中，叉虾之举，易如反掌。

外婆啊，外公啊，祥符人把我当自家女儿，我不舍得离开呀！他们又推荐我学医做赤脚医生，推荐我去祥符小学做代课老师，甚至连孔家埭要改个名字，都是我和同去的桂凤一道琢磨出来的：孔家埭、孔家埭，葵花朵朵向阳开……咱们的大队，就叫个向阳大队吧！孔家埭人对知青十分敬重，向阳大队的名字，就这么定下来了。那么外公外婆，我就留在孔家埭了，好吗？不过章柳娟始料不及的，是她后来居然嫁给了当地的一个孔家埭人，成为一个名副其实的祥符媳妇了，这是后话。而当时的她，拿定了留在祥符的主意，躺在凉凉的门板上，听着蛙声和潺潺的流水声，心安理得地沉沉睡去了。

祥符桥的稻牧场

天边的晚霞镶了金边，农夫荷把锄头在肩上，赤足踩在田埂上。不过，如果你的脚趾踩到的田埂，并非松松软软的泥土，而是硬化过的水泥，也甭奇怪。这是上世纪50年代，浙江省农科院在祥符总管堂征用的200亩田地，大部分用作科研基地，用水泥硬化了条条田埂。每块田地，则划成整整齐齐的田字格，每块地大小40平方米左右。

马凤英就是在这些试验田所在的总管堂村长大。还是小丫头的时候，她时常会在那里看到两幅对比鲜明的画面：一块稻田里，稻浪滚滚，另一块稻田里，颗粒无收；

一块油菜田里，蜂飞蝶忙，另一块油菜田里，悄寂无声。有人遮网搭架，想尽一切办法，堵死蜜蜂进田采蜜的可能性。为了达到科学实验的目的，科研人员想方设法“厚此薄彼”，以决不一碗水端平的方式，获取不同的实验结果。祥符总管堂人，把这块农业实验基地叫做“稻牧场”。马凤英的童年记忆里，有无数绚烂的细节，飘满炊烟和花香，但她后来发现，她对自家村子的了解，居然还比不上另一个村子的一个男人。这人就是她的老公，孔顺祥。

孔顺祥，就是杭州知青章柳娟搭伙的那家房东孔妈妈的儿子。马凤英一开始感觉自家老公脾气温和，但身体瘦弱，虽然他也挑得动河泥，摇得了船，但一袋标准刻度120斤的麻包搁他身上，准保双脚打战。章柳娟最早对他的印象，是他老披着一件黄军装，走起路来那衣襟、袖管，都会扑嗒扑嗒飘动起来，仿佛一只大鸟扑扇着翅膀，一下子找不到合适的落脚之地。事实也是如此，孔顺祥在卖鱼桥杭三中读了两年初中，因为正逢三年自然灾害，他回了乡，做上了生产队会计，后来还当到大队会计，但他总感觉自己还没有人尽其才，也许换一个更适合的地方，会长得茂盛茁壮。

1972年，孔顺祥因为在扫盲班里做老师表现出色，连年评上先进，终于以35岁的“高龄”，进入了祥符镇的文化站。这时候，孔顺祥才舒出一口气，鸟儿找到了树林。他捧着一台海鸥A型箱式照相机走街串巷、摄影采风的同时，对祥符这块土地进行了深入的调研。马凤英终于知道，在他们祥符农村，一个靠庄稼好把式安身立命的地方，一个人通过对乡村文化的热爱，也可以得到尊重，谋得饭碗。

“阿凤，你们总管堂为什么荸荠那么出名？因为土质好，水质也好。塘栖的蚕农摇着船，到你们这里取水，来一只空船，走一只水船，因为船回去的时候装的都是你们这里的水，甚至有人说，这里的水，是仙水，缫丝又软又滑，丝头绵绵不断呢！”“1956年，你们总管堂还没耕牛呐！谁送你们两头耕牛？还是农科所！农科所后来搬到了华家池，你们这里的人还有些依依不舍。农民嘛，冬来无牛是神仙，春来无牛叫皇天！”

“他们送我们牛，我们也不是白拿！有来有往呀！不是回赠了他们1000斤大红袍荸荠吗？紫皮甘蔗出塘栖，大红荸荠在塘畈喔……”

所谓塘畈，是总管堂早先的称呼——杭县的塘畈。说起祥符其他村庄，孔顺祥照样如数家珍，这就使马凤英对丈夫的敬意与日俱增。“祥符有些地名，真怪呦！比如你们隔壁的郭家厍，就没有一户姓郭的人家！‘厍’这个字，有点儿难念，是宿舍的‘舍’的音。有人说，郭家厍原是个军火库，把库字头上的一点摘走，是为了避人耳目，但后来我查来查去，哪里有军火库的影子！”“我们祥符桥的桥名，原来还是北宋一位皇帝用过九年的年号呢！这个皇帝，是北宋第三个皇帝，叫宋真宗，他还御笔亲书过一首《励学篇》，说书中自有黄金屋，书中自有颜如玉……”当顺祥津津有味述说的时候，家中的气氛是祥和的。马凤英欣慰的是，他老公以他自己的方式，在祥符找到了生活的乐趣。

2020年8月

安峰，1968年生，浙江杭州人。作家、媒体人。有特色栏目《阿六头说新闻》《开心十三点》《拍案惊奇》，散文集《杭州的那些人那些事》等。

行吟

六和听涛，战鼓不绝

/

黄亚洲

山名月轮，塔称六和，江风习习，绿荫摇曳，这是一个特别适宜打坐静悟的殊胜之地。偏是南面山脚下流经的钱塘江，时有杭州湾大潮来袭，由东逆上，或舒缓，或猛烈，隐隐约约的金戈铁马日夜驰过，震得月轮山枝叶抖颤，战鼓侵入净地，简直叫人抓狂。

六和塔当然纹丝不动。人们常把威武伟岸的六和塔比作将军，以区别于杭城的另两座古塔：如美女的保俶塔、如老衲的雷峰塔。但是，听着白天与夜晚各一次的隆隆江潮，塔里安坐的各式菩萨与塔外寺院的各位高僧，口里是否会乱了经文？

六和塔本就是为了镇潮而建的，吴越国王钱弘俶托延寿大师建了这座威风凛凛的高塔，就为的禁绝潮患，而自东至西的潮水却不买账，依旧日夜示威，战鼓不歇。口沾莲花的历代师父会不会在六和寺里乱了方寸？

据说花和尚鲁智深就是在六和塔圆寂的。

“逢夏而擒，遇腊而执，听潮而圆，见信而寂”是他的师父智真长老给的偈言，无非他当时参悟不透。尤其是“听潮而圆”，什么意思？一直到坐在六和塔下，听人说了，才猛然醒悟，叹一声：“平生不修善果，只爱杀人放火。忽地顿开金绳，这里扯断玉锁。咦！钱塘江上潮信来，今日方知我是我。”这位花和尚圆寂之后，为他点火的大惠禅师也有几句偈言：“鲁智深，鲁智深！起身自绿林。两只放火眼，一片杀人心。忽地随潮归去，果然无处跟寻。咄！解使满空飞白玉，能令大地作黄金。”

这一有趣的文学传说也可以看作是一个象征，人们求助神灵以抑制大自然的灾殃，而神灵的精神指向依旧是“随潮归去”，幽了一默。

说实在话，吴越国的几位国君都是笃信佛祖的。西湖多佛寺就与开国的钱镠大有关系。当然，钱镠当时面对“奔驶入城，势莫能御”的潮患，基本方略还是高筑海塘、开建水闸，甚至还留下了《钱王射潮》的威武传说，但到了他的孙子钱弘俶即位之后，终于面对“飓风拔木浪如山”的现实，痛感“人定胜天”不行，还需求神护人，故下诏在钱塘江边的月轮山造塔镇潮。这塔也造得气派，高五十余丈，分为九层，不仅在塔内藏有舍利，塔心室供奉佛像，还在塔顶安装了崇佛的长明灯。这就在客观上生了灯塔之效，江面的烁烁有光就使得钱塘江的夜航大有保证，也冲淡了江潮的威胁。从这个角度说，六和塔也算是在某种程度上“镇”了潮。至于取名“六和”，一般的说法是来自佛经上的“六和敬”，即“身和同住，口和无争，意和同悦，戒和同修，见和同解，利和同均”。那佛经叫《璎珞本业经》，是阐释各种因行的，内容自然深奥得很。

六和塔建成后，据说江潮确是收敛了许多，一种说法是江水的流淌在塔下逐渐成了“之”字形，所以有所和缓，而我的断想则是随着沧桑变幻、陆土东渐，大海越推越远，潮水逆流而上的势头自然就慢慢减弱了。这当然要水利专家来加以证实。

不过，自古至今，潮水还是在的，战鼓一直未能稍息。这一镇压与反镇压的矛盾，其实也是当今世界的客观写照。哪怕六和塔毁于兵火而在南宋复建，塔身改为八面七层；哪怕明万历年间再加以大规模修缮，竟至清光绪年间再度重修，形成“七明六暗”的外观十三层塔身；哪怕民国、新中国期间多次修缮，都没有能彻底“镇潮”。由于潮水的上溯而侵入钱江自来水的取水口，杭州百姓至今仍会在自来水里吃出咸味，虽为偶然，仍不能绝，可见大自然的战鼓还是在响的，有时还很激烈。

我经常走上月轮山，就近欣赏六和塔的壮观与雍容大度，欣赏这位高达六十米的吃素斋念佛经的将军。这位将军稳稳打坐，总是不语。

当我闭起眼睛的时候，风就摇响了挂在塔檐下的风铃，那种穿过绿荫播向八方的叮叮当当的悦耳之声，让我想到了和平，想到了《璎珞本业经》，想到了和平与战争的角力与互动。谁说这位将军没有发声？

不管战鼓是否还在脚下日夜敲响，和平的钟声总是占着上风的，这或许就是“六和听涛”带给我们的思索。

走下山的时候，我心里孕育了一首诗，取名就叫《六和听涛》：

如若听见的是怒吼，是焦躁和不安，/一种来自大海的带咸味的反叛，/那么，你就是一尊有军衔的老衲。/你的袈裟或者盔甲，是血的彩妆；你低眉低眼，不动声色，/你只让海风做转经筒，/一圈一圈，/绕你的八面塔檐。

如若听见的是一种低语，是钱江顺流的呢喃，一种来自春江花月的梦幻，/那么，你就是一个参悟的智者。/你委托檐下风铃，这灵魂的声响，/向八个方向，/捎一份平安。

携六重和谐，坐山海之间。/什么你都能听见，尤是涛声，/或惊雷裂帛，或杀声震天。/打坐一千年你都这么稳健，/只因杭州是你嘴边的一句经文；/或者说，/杭州是你脚下精美的竹箧里，/整整十万册带黑瓦的书卷。/和平不能打翻。

我多么喜欢在涛声里与你交谈，/涛声是战争的宣言，/唯有你听得出水里有火，火中有盐；/听得出淡，听得出咸。

天下总有许多事情，我们不甚清楚；/但你总能用八面风铃，这杭州腔的梵音，/每天，将涛声翻译成土地，/将土地翻译成长天，/将长天翻译成永恒，/并且，让永恒收拢翅膀；/往往是，收拢成一只鸽子，降于塔尖。

来六和塔，/不仅听涛，还听风铃，/这灵魂的一问一答，/这一江战鼓的梵语方言。

这历史的沉默与叹息，/这民族命运的浪舒浪卷。

原载2015年6月10日《中国文化报》

黄亚洲，1949年生，浙江杭州人。作家、编剧，曾任中国作家协会副主席。有长篇小说《建党伟业》《日出东方》《历史转折中的邓小平》，诗集《我的西班牙，我的葡萄牙》《路迢迢水长长》《行吟长征路》，散文集《时代苦乐》《空中声音》等。

里鸡笼山的黄叶

/

袁 敏

金秋的暖阳持续照耀了西湖大半个月后，初冬的脚步声不期而至，在没有任何预兆的一个晚上，静悄悄地下了一场雨。

早晨起来，感觉有了一丝寒意。灰云沉黯，空中仍有凉凉的雨珠偶尔飘落下来，滴在脸上很清爽，便想去山野林子里摸摸被一夜雨打湿的绿。正好有朋友来电，约我去双峰村的一户农家乐喝茶，便兴致勃勃地前往。

我住江南岸，在家门口坐上180路公交车，跨过一桥，拐上虎跑路，闻着满觉陇迟桂花残留的余香，穿越五老峰隧道、吉庆山隧道，在里鸡笼山站下车，路两旁的绿就扑面而来了。

放眼望去，满坡茶园，早已不是采茶季节的茶丛绿已幽暗，但暗绿中星星点点开着的茶花洁白水灵，让大片的绿顿时鲜活起来。

我们去的农家乐名为“云林居茶庄”。自家盖的二层小楼，掩映在两棵巨大的百年老樟树的绿荫下，小楼面对青山，四周都是茶园。坐下来，用山里的泉水泡一杯农家自种自炒的龙井绿茶，就着新炒的葵花籽和鱼皮花生。热情的老板娘还送来一大盘从自家橘树上新摘的橘子，鲜甜中带点酸味。吃完将橘核扔向茶园，想象着有一天绿中或许会生出黄来。杭州人惬意的慢生活，大抵就是如此了。

没想到这一次惬意的喝茶，却因一条名叫“来来”的狗，生出意外来。

来来是茶庄主人收留的一条流浪狗，来自萨摩耶家族，身份虽然算不得显赫，却也不是乡野土狗，但它还是被从前的主人抛弃了。萨摩耶狗狗流落到云林居，被茶庄老板娘发现时，已经奄奄一息，面目全非，不仅肮脏不堪，全身还长满了线虫。幸得云林居良善人家收留，为它洗净满身污垢，梳理结了块痂的白毛，看病、杀虫，它才慢慢露出原有的漂亮容颜，尤其是那一身白毛，像一朵白云落在绿茶园。

主人给它起名叫“来来”。

我踩着深秋的黄叶走进里鸡笼山时，和来来偶然相遇，之后它就一直跟着我。在云林居喝茶时，它也在我的脚下绕来绕去。本来我是怕狗的，但对来来却莫名地有一种天然的亲近感。

吃完饭，我想去对面山里走走。老板娘说，对面这座山叫天马山，虽然不高，但岔道很多，让来来跟你去吧，有来来在，你就不会走丢。

上山的时候，来来默默跟在我身后，我停它也停，我走它也走。分岔路口，我不知走哪条小道时，它会跑到前面带路，你只管跟着它就行。

没想到，来来的带路，竟让我意外地和一座掩隐在青山中的坟茔相逢，也走进了一段遥远的历史。

这座坟墓的造型有点像八角亭，灰白壁围，砖石拱顶，坟前的墓碑上刻着六个大字——史君量才之墓。墓碑的顶冠和底座都精雕细刻着龙凤图案，墓四周砌着厚重的石头墙围，上面也都雕刻着祥云花卉，煞是讲究，彰显出墓主不同寻常的身份。墓园很大，石阶很宽，上下两段石阶之间还有一块长满苔藓的青砖壁影，尤其是石阶下半圆形的道地，占地面积很大，让整个墓场气势非凡。

我没有想到，自己作为一个土生土长的老杭州人，却从来不知道史量才的墓地竟然藏匿在里鸡笼山周边的丛林中。

最初知道史量才，是因为坐落在北山街的秋水山庄。

因为喜欢在深秋时节去踩踏北山街满地的枯黄落叶，

秋水山庄

更因为从前巴金先生来杭州时，常常喜欢住在面朝西湖的新新饭店。去北山街徜徉，或拜谒巴老时，总会和秋水山庄相遇，便对这座安静美丽的江南庭院式古老建筑，有了一份好奇。及至了解到民国报人史量才和晚清上海滩名妓沈秋水的爱情故事，知道秋水山庄是史量才为爱侣修建的别墅，不禁为这位报业巨擘对红颜女子用情至深而唏嘘慨叹！

史量才是江苏南京人，中国报业的先驱者之一。上世纪初叶，史量才与人合资，购买了中国近代史上办得时间最长久的一份报纸《申报》。这份报纸原由英国人美查创办于1872年。1909年，美查回国，该报易手卖给了清末买办席裕福。席虽然雄心勃勃，想办一份中国人自己的报纸，但终因不谙办报规律，经营不善，导致《申报》发行量急剧下跌，难以为继，只好无奈转让。

史量才接手《申报》时，正值国内军阀混战之际。作为一家民营报纸，史量才觉得只有超然中立，才能在新闻界站稳脚跟。他主持《申报》后，素以“公正报道、不偏不倚”自诩，前期虽然在言论上比较谨慎，但其新闻报道一直是全国各大报纸中最为出色的。“九·一八”事变后，在民族危亡之际，《申报》一改以往的中立态度，转向积极宣传抗日、要求民主的政治立场，发表了许多政治时事评论：抨击国民党的不抵抗政策，呼吁国内各党派停止内战，一致对外；力主国民党改变“剿共”政策，反对国民党一党专政。当时，史量才说过一句很有风骨的话——“国有国格，报有报格，人有人格”，令人肃然起敬。但也正因为这位报人的刚直不阿、敢于直言，招致国民党当局的不满。蒋介石更是对史量才恼火透顶，曾经放言：把我惹火了，我手下有一百万兵！史量才则冷冷地回答：我手下也有一百万读者！文武较量，书生终究不是枭雄的对手。笔杆子不畏枪杆子的威胁，却付出了鲜血四溅的代价！1934年11月13日，国民党军统特务终于对史量才下了黑手，在其与家人由杭州返回上海的途中，于海宁翁家埠一带，将之枪击暗杀。

我相信叶落归根可能是大多数人对归宿墓葬的选择，我也一直以为史量才虽然和沈秋水情落西湖，但游子魂归故里，坟茔自然也不会葬身他乡。所以，在我心中，秋水山庄再美丽，终究是一段爱情的挽歌。听说沈秋水死后葬在南山公墓，并没有和先她而去的史量才生同衾、死同穴，想来这对才子佳人之间的爱恨情仇，也有着说不清、道不明的伤感和怅惘。

我不知道来来引我来到史量才的墓地，是纯属偶然，还是这位被良善人家救下来的狗狗，对寂寞已久、几乎已经被人遗忘的先人遗骨，存有一份温暖的恻隐之心。林中小路很多，每一条都会通往不同的地方，为什么来来偏偏带我来了这里？

四周静无声息，只有满树黄叶不断飘落在墓地坟茔上，溢散出潮湿温润的气息。史量才躺在冰冷的墓穴中，会不会想起北山街的梧桐，想起秋水山庄的浪漫？但我相信，这样一位坚守“国格、报格、人格”的中国报业先驱，在与两情相悦的红颜知己阴阳两隔的那一瞬间，绝不会对自己壮志未酬身先去，有一丝一毫的后悔！

离开史量才墓地下山的时候，我一直在想，沈秋水是上海滩名妓，追随了史量才后，也多是住在西子湖畔的秋水山庄，她大约不会来过冷僻的里鸡笼山，也应该不会知道茶园环绕的双峰村。史量才的骨骸，为什么没有运回故里安葬，却偏偏葬在都是寻常茶农人家的双峰村背后的天马山；又为什么这样一个被蒋介石恨得咬牙切齿，必杀之而后快之人，墓葬之地却没有低调掩藏的意思，反而被修建得如此堂皇大气？

下山的路上，来来不再跟在我的身后，而是撒开腿奔跑在前面，但它时不时会停下来，脑袋鼻尖伸进草丛，这里闻闻，那里拱拱。我跟着来来，它跑我也跑，它停我也停。不经意间，两块相距不远、淹没在草丛中的小小的石碑先后跃入我的眼帘，一块石碑上刻着：

浙江省省级文物保护单位

史量才墓

浙江省人民政府

一九九七年八月二十九日公布

杭州市政府立

另一块石碑上的字就有故事了：

杭州达三茶叶公司旧址

公司建于清末，创始人杨寅初，广东大埔百侯人，曾求学北京国子监，毕业后蒙古为官，后弃官从商，在杭州天马山置山种茶，并开设乾泰茶庄，享誉沪杭。1936年，因助建好友史量才墓，杨寅初惨遭土匪烧杀身亡，公司不再经营，为告慰先祖，特立碑纪念。

立碑人：杨氏后辈

2016年11月

从两块石碑的落款时间看，公布史量才墓为省级文保单位的时间是1997年；而杨寅初后辈为先人立碑，说出历史真相时，已经是2016年。由此看来，历史的公正和真相的解密，往往需要时间。

我当即在手机上百度“杨寅初”，竟然没有找到关于他的片言只语，我不甘心，又将“杨寅初”和“史量才”放在一起搜索，才找到一条简短介绍杭州部分名人墓葬位置的信息。其中有一句提及这位茶商的话：助建史量才墓的杭州茶商杨寅初的茶叶公司旧址也竖立了标牌。

大半个世纪的风雨烟云几乎淹没了一个中国报业先驱者的英名，更让一位侠肝义胆的民间志士献出了家业和性命，却鲜为人知。好在时间洗刷了岁月的尘埃，史量才的墓地和杨寅初后辈刻下的碑文，终将一段久远的历史留了下来。

一条叫来来的狗，尚且惦记着长眠在地下的先人骨骸，我们更没有理由对自己身边的历史人文踪迹视而不见！我相信，在杭州、在西湖、在我们周围，还有很多被我们遗忘或者忽略的人文底蕴丰厚的故事。这是一座城市的宝贵财富，值得一点一点去寻找、挖掘。

2020年12月

袁敏，1954年生，浙江上虞人。作家、编辑家。有长篇小说《白天鹅》，中短篇小说集《天上飘来一朵云》《九十九个女人的故事》《深深的大草甸》，纪实文学《重返1976：我所经历的总理遗言案》，散文随笔集《燃灯者》等。

杨公堤随想录

/

张抗抗

十九岁离开西湖，远去北国，转眼已是三十四年。当年舍得下西湖，也许是身在福中不知福，潜意识中倒反生出些对外面世界的好奇心，想看看这天地之间，没有西湖的地方，究竟会是怎样？

西湖离我渐行渐远，却又是忽远忽近，仍是若即若离地挥之不去。一年一度回杭州探望父母亲友，忙里偷闲，自然是要把多年来看得“审美疲劳”的西湖，顺便一同拜望了的。换季隔年，心绪有别，而西湖却是永远的。千年风云变幻、朝代更替，西湖总是淡妆浓抹、处变不惊，曾觉得地球上的所谓时间，到了西湖就停止了、歇息了。

然而山色依旧，汹涌的钱江潮与群峰的泉水，已经悄然在湖中注入了新的动力与源流。西湖的锦上添花与改造整合，于20世纪90年代后半期开始启动。雷峰塔、城隍阁、万松书院、御码头等许多历史遗存的景点名胜得到了重修。或许恰是自己由北而南“跳跃性”观赏西湖的这一距离感，近年来西湖的些微变化，都悉数收入眼中。

听说新西湖扩建后，西湖水域扩大三分之一，恢复了杨公堤在明清时代的风貌。听说“杨公堤”这个名字之初，不由心生疑窦——苏堤白堤已占尽西湖风光，天上何以掉下一条杨堤？烟波浩渺的外湖里湖，哪里还有杨堤的位置？

金秋时节，应浙江作家节之邀赴杭州，怀揣一个小小的心思，是为了杨公堤。

晨起即是湖西大采风。车至杨堤入口处，我不由哑然——这不是我们小时候熟知的西山路吗？很多年来，它都是一条路，一条与苏堤平行、一侧临水、两侧法国梧桐树森然夹道的林荫路。经由它可通往曲院风荷、郭庄、花圃，南侧的尽头便是花港观鱼的后门，右转就通往虎跑方向了。它何时摇身一变，变成了一条湖堤呢？

然而脚下踩的果真是一条长堤。湖堤必凌于水，水嘛果然就有了——堤西原先的茶园菜地旧屋杳然无踪，代之以一串串珍珠似的水塘芦荡。路既成堤，桥是不可缺的，桥也有了——好像一位高手制作的大型魔术，在一夜之间搬来了六座起伏的拱形古桥，路被穿透了，盈盈湖水在桥洞下穿过来流过去，与西里湖汇合交融。

那六座桥，曾与苏堤六桥并列，望山看水观景各有妙处，分别以环壁、流金、卧龙、隐秀、景行、浚源命名，人称“里六桥”。水既通，桥已设，舟亦行，这亦新亦旧的杨公堤，在被岁月掩埋了几百年之后，终于被粼粼水波托举着，似那条从雷峰塔下逃逸后归来的青蛇，从此定心驻守西湖的碧水蓝天之中。

下车从金沙堤（也叫赵公堤）步行进入湖西景区，隔水遥望赏菊听曲的清雅之地小隐园，顺着“乡间小路”前行，路边一座新修缮的江南民居很是醒目，粉墙黛瓦，质朴幽静。此屋名“燕南寄庐”，是著名京剧表演艺术家盖叫天故居。忽而想起“文化大革命”中，几个中学同学在山里闲逛，偶然撞到这里。当时黑色的大门紧闭，一片萧瑟阴森之气，几人绕着围墙转了几圈不得进入，悻悻离去。想不到几十年后，这位耿直执着的戏曲艺术大师的故居修复并对外开放，已成为湖西一景，算是个小型戏曲艺术博物馆了。然后穿过杭州花圃北侧的花丛树林，眼前又是一大片悠悠水域，湖荡中长桥连廊桥，长亭接短亭，水回路转，总是百步可歇。只见远处青山逶迤，雾霭沉浮，视野慢慢伸展开去，水色缥缈，一时深远了许多。再沿着水边从容前行，欣赏过岩芳水秀、五峰草堂、醉白楼、天泽楼等一座座有着曲折来历与文化内涵的楼台亭阁、雅屋精舍，可达新近落成的于谦墓。整座祠堂建筑群气势宏大、肃穆庄严，可见杭州人民对清廉正直的才子好官于谦真切的怀念之情。

那些故居旧屋，原本就是西湖历史不可缺少的组成部分，只是被岁月的泥沙年复一年地遮没了，静默地蛰伏于湖山深处难得一见。只因这条杨堤的恢复，而终于被拂去尘埃，重见天日了。从这个意义上说，杨堤仍是一条路，一条融贯文史的通衢大道，以杨堤为轴线放射开去，即是一条湖西的黄金漫行线。

匆匆走湖西，意犹未尽仍有不甘。于是几天后陪父母再走杨堤，由茅香古道入口下车步行，穿过郁郁树林，走过厚重的木桥，眼前便是开阔荡逸的茅家埠水面。这就是几百年前香客由湖东乘船过湖，经由杨堤孔道去灵隐上香的水上必经之路。湖水坦坦荡荡地延伸至远山，薄云遮日，波平如镜。湖中近岸处，随意地生长着一丛丛茂密的芦苇，几只白色的水鸟贴着水面掠过，又翩然飞去；几条小船正从堤上的桥洞里悄然探头，朝着湖湾里缠绕的水巷中另一座石拱桥划过去，欢声笑语就像水珠子一样一滴滴洒落在湖上了。那单孔石桥古朴而精巧，残破的石缝里浓密的青苔，记录着风雨的道道斑痕。说到湖西景区中这数座新架设的小桥，限我所见，似乎没有一座是用了水泥的——桥面桥身或拱或平、或曲或直，非木即石，非石即木。木桥一般呈浅褐色，为简洁明快的现代风格，厚重平整的条形板材，均为进口的防雨防滑材料，可见设计者的苦心。这些风格各异的小桥嵌入这湖中之湖的诗画美景，如同一只只做工精巧秀气的搭襻，连接起堤外之堤，别有一番气象。

沿岸的青青草坪均为低矮的缓坡，草坡入水，柔和而收敛，人也就与水亲近了；草坪上配着适时的花草，树也种得疏密有序，给眼前的山光水色留出了充裕的视线空间。远眺湖面，隐隐可见对岸一幢幢素墙青瓦的农舍民居，参差毗接，错落有致，黑白色的剪影沉落在湖水里。一阵微风吹过，房屋都模糊了，只一歇功夫，又从水里清晰地显现出来。湖面水色清澈，有四方山溪泉水来续，水是活的。再一阵风过，天上闲云游弋、湖中芦苇飘摇，远处的草堂茅屋，都浸在朦胧的水雾里了。

芦苇是湖西的点睛之笔。如此充满野趣的湿地情趣，在精致的外西湖里是见不到的。

恍惚间感觉西湖变得陌生、变得遥远了。几百年前的老西湖，原来要比我们熟知的西湖大了许多呵。西湖在很久以前，就应该是眼前这个样子吧。这不是“新西湖”，而是一个具有乡村风情、比老西湖更老的西湖。这些星星点点的湖塘港潭，原本就在那里散落着，只是被日月存积

杨公堤

的腐叶淤泥覆盖了。终于有这样一日，深受西湖恩惠的杭州人，要把西湖的原貌还给西湖了。果然，挖着挖着清水就涌出来了；水漫湖西之时，杨公堤就在湖中游动起来了。

杨公堤是由明代杭州知府杨孟瑛力排众议、重新疏浚西湖后，凌波倚山自北而南贯穿整个湖西水域而修筑的长堤。如今因着这一条杨公堤的修复，竟把湖西的自然风光、人文风貌都一一激活，由我幼时所知的西山旱路，而变为今日的湖中长堤。西湖的几百年兴衰，都在这六桥一堤间了。如此说来，杨堤已不再是一条路，不仅仅是一条路。杨堤是一条重新打磨的珠链，串起了西湖的历史珍迹；杨堤是一道垂落于西山的迟来晚霞，超越了原来水利与交通的使用功能，而成为天下游客观赏游览的新风景线。这一条21世纪的杨公堤，终由实用而达审美，由实在而变空灵，由物质而升入精神领域——这是一次何等壮观的飞跃，一次何其神采飞扬的大手笔书写呵！

“性知执法，心在利民”语出杨孟瑛当年的《开湖告谕》。如今重修杨堤，仍是奉行了先贤勤政恤民、善待湖山的殷殷心意。一条不设门墙的杨堤、一条敞开胸怀的杨堤，从此将笑迎八方来客，无论是杭州人还是外地人，无论是乡民市民还是草民，都可随时随意漫步杨堤。西湖是天下人共享的西湖。这一条四通八达的杨公堤，你也来走，我也来走。在杨堤行走的人，没有了高低贵贱之分。这本是人们理想中的天堂，杨堤杨堤，理应助一臂之力的。

从杨堤而续说新西湖的新景点，自然留有太多的“新”痕迹。杨堤新铺的草坪尚有缝隙，新移的树木尚未成林，新栽的花草尚未成势，新建的茅屋庐舍草堂廊桥，尽管在设计思路上已是竭力试图接近原貌，但遗失在空气中的文化信息已无从捡拾。新湖滨景区的规划似乎引发了较多的争议和疑问，许多大兴土木新建的人造景点确也破坏了西湖往日的宁静幽深。西湖的扩建似乎应当适可而止了。在这些“崭新”的氛围与语境中，我们难以品味出“新西湖”更深层的文化内蕴与历史积淀。然而，这是一个两难的境遇——遥想当年白堤苏堤六和塔放鹤亭初建时，也是全新的，然后在漫长的风霜雨雪中一年年变得古老质朴。历史所遗存的事物，都是被曾经的那个“当下”所创造。西湖有史以来经历过五次大型疏浚整治，名胜古迹的建筑风格也留有各个时代的不同特征，至20世纪上半叶，湖边别墅多已是中西合璧。实际上西湖从来都没有停止过呼吸和运动，烽火硝烟的改朝换代中，西湖始终在不断地被更新——我们指望着时间这根魔杖，使“新西湖”成为老西湖完美和谐的补充与延伸。

金秋去杭州，适逢桂花香浓时。漫步杨堤，一阵甜香袭来，嗅着香气回头寻去，树丛里必是悄悄地立着一株桂树。金灿灿的小米粒，不起眼的十字花瓣，一层覆一层、重重叠叠团团簇簇，竟把一整棵大树染得金黄。还有白金般的银桂、暗红色的丹桂，浓烈的馥郁从花蕊中持续喷发放射，香得人都醉了。桂花开了的日子，整整一座杭州城都是香的，连杭州人的呼吸也是香的，杭州的美食也被桂花香淹没了。闻香识杭州——春之蔷薇、夏之荷花、冬之腊梅，清香浓香从窗外飘进来，轻轻一吸，就知道西湖到了哪一个时令了。

杭州人是有福的，我这个西湖的女儿，正在北方的风雪中一点点变老。而西湖，却是一年比一年更年轻了。

也许正是由于远离了西湖，西湖对于我，才变成一种可在回眸回忆中，无限想象的梦幻之境。

原载2004年1月2日《浙江日报》

张抗抗，1950年生，浙江杭州人。作家，曾任中国作家协会副主席。有长篇小说《隐形伴侣》《赤彤丹朱》《情爱画廊》《作女》以及《张抗抗自选集》5卷等。

在杭州寻找苏东坡

/

耿　朔

你喜欢和什么样的人一起旅行?

记得余光中有过一个比喻，大意是说如果约朋友去旅行，性情恣意的李白和苦哈哈的杜甫都不是合适人选。而苏东坡就很好，他是个很有趣的人，可以成为很好的旅伴。这话也是我的心声，能请出自带巨大流量的苏东坡，活动便不难成行。

那么，上哪里寻找东坡游踪呢?

苏轼前半生基本在四川眉州老家和北宋都城汴京度过。熙宁四年（1071）七月，三十四岁的苏轼离京赴杭州任职，此后的三十年里，他很少能在一个地方生活超过三年。频繁的工作调动使他得以纵览各地山川风土。这些城市也因苏子驻足有幸留下诸多胜迹，比如诸城的超然台、徐州的黄楼、扬州的谷林堂、黄冈的东坡赤壁、定州的雪浪石、惠州的西湖、儋州的载酒堂、常州的舣舟亭和藤花旧馆，其平生功业当然不限于他晚年自嘲的“黄州惠州儋州”（《自题金山画像》）。

我建议在春夏之交去一趟杭州，在西湖山水之间寻找苏东坡。这是因为，一方面杭州是唯一一个苏轼两度担任地方官的地方，第一次即上文提及的从熙宁四年（1071）十一月至七年（1074）九月担任杭州通判。十五年后，苏轼于元祐四年（1089）七月至六年（1091）三月再次为官杭州，担任知州，主政一方，两次加起来在杭州工作生活了四年多。杭州和黄州成为苏轼后半生在京外生活时间最长的两个城市。另一方面，苏轼在杭州时虽然政务操劳，但江南风光旖旎、物产丰盈、生活富足、文风鼎盛、慰藉他敏感的心灵，激发他无限的才情。据学者研究，现存苏轼词表明苏轼就是从通判杭州开始填词。更何况，苏轼给后人留下一道纵跨西湖的长堤。从南宋起，“苏堤春晓”就名列西湖十景之首。而作为北宋“东南第一州”和南宋事实上的都城，杭州留存下来的宋代文物古迹，无论质量还是密度都颇为可观，有助于我们感受苏轼生活的那个时代。

入　山

去年六月初，在浙江省文物考古研究所郑嘉励老师的带领下，我和一群远道而来的朋友一头扎进了杭州的山中，从城南的凤凰山东麓开始攀爬。没走多久，我就感到林高蔽日，沿途不时遇见嶙峋的巨石，更有断崖绝壁兀立眼前，和从湖上望见的优雅山形大不相同。

为何先入山呢？郑老师一见面就抛出观点："杭州的精华，在山，不在水。"这无疑颠覆了我们的认识，因为西湖之美过于深入人心。郑老师解释说，杭州城始建于隋平江南以后，开皇九年（589），废陈朝所设的钱唐郡，置杭州，两年后筑城。隋杭州城并非坐落在今天西湖东岸的杭州主城区，因为那时的钱塘江还不受约束，江面远比今日宽阔，它与西湖之间是一大片会被潮汐光顾的滩地，地势虽然平坦，但不宜居住。

隋代州城选址凤凰山，这是西湖南山的东段，依山而筑，"周围三十六里九十步"。这让我想起同时期的扬州。考古工作已经表明，隋炀帝为开发扬州所建的江都宫居于蜀冈之上，这是今天扬州主城区一带唯一的天然高地，原因也是由于蜀冈之下便是长江滩地。到了唐代，才在蜀冈以南的平地上圈建起颇具规模的罗城，也就是大城，此后扬州发展成为面积仅次于当时长安与洛阳的城市。唐代之所以能在平地建城，主要得益于长江泥沙淤积，沙洲并岸，扬州、镇江之间的浩瀚江面大幅缩窄，长江入海口逐渐下移，原来的滨江滩地得到了开发。

相比之下，杭州大城建设的时间要晚一些。五代吴越国创立者钱镠以杭州为都，也是从这时开始，杭州被塑造成为今天浙江省域的中心城市，而之前数千年里，越州即绍兴是当仁不让的老大哥。它们之间地位的此消彼长正始于五代。钱镠命人顺着钱塘江沿岸修筑百余里捍海塘，又设二闸，防止咸水倒灌，以此减轻潮患，“钱王射潮”的传说由此产生。今天矗立在上城区钱塘江岸上的六和塔和闸口白塔，都始建于吴越国时期。高大的六和塔顶层悬置明灯，为来往船只引航，而小巧的白塔居于闸口之上，寄镇潮之意。足见钱塘江的潮起潮落，命系杭州城，甚至吴越一地的兴衰安危。

与此同时，吴越国在凤凰山以北的平陆上筑造全长七十里的罗城。受钱塘江和西湖的东西夹峙，罗城呈南北长、东西窄的腰鼓形，形制在我国古代都城中别具一格。

我们一想到江南，总是会想起小桥流水人家。固然，水润的平原具有良好的人居环境，但无定的洪涝灾害也构成对生存的严重威胁。在人类历史早期，城市或聚落多集中于大江大河干流上中游或支流上。只有当人们有能力实施相当规模的水利工程，将河道加以约束时，才能在干流下游沿岸平地上建造大型城市。

虽然扬州和杭州城都扩展到了平地上，但山上仍然是权力中心所在，宜于居高临下进行统治。唐代扬州以蜀冈为子城，设大都督府，而凤凰山麓的吴越国子城故址，被北宋杭州衙署和南宋皇城所沿用。其中南宋临安皇城的范围已经得到考古学界的确认。皇城东西直线距离最长处约800米、南北直线距离最长处约600余米，面积约30万平方米，呈不规则长方形。其中东墙长约390米；西墙主要以凤凰山为天然屏障，只在地势较缓的山坡局部修筑城墙，长约100米；南墙长约600米；北墙长约710米。城墙为夯土结构，局部地段包砖，绝大部分城墙已深埋于地下2到3米，足见岁月之变迁。同时考古学家们还发现了一些大型建筑基址，皇城内部的空间布局也初露端倪。

至于北宋的杭州衙署，后人不得详情。但从诗文中可知苏轼当年就在山间办公，并能一窥他的活动踪迹。

如第一次为官杭州期间，苏轼常常登上衙署附近凤凰山顶的有美堂，这里可以同时俯瞰钱江与西湖，可谓江湖一览。熙宁六年（1073年）初秋的一个午后，苏东坡与杭城朋友相聚有美堂，赶上下面这番壮观景象：

游人脚底一声雷，满座顽云拨不开。

天外黑风吹海立，浙东飞雨过江来。

十分潋滟金樽凸，千杖敲铿羯鼓催。

唤起谪仙泉洒面，倒倾鲛室泻琼瑰。

（《有美堂暴雨》）

眼见狂风疾雨从东南方向的钱塘江上空呼啸奔来，而向西北望去，西湖像一口金樽盛满了雨水，几乎要溢出来。这场突来的暴雨不知是否就是浙江人每年夏秋都面对的台风。

又如熙宁五年（1072）八月，苏轼受命主持州试，提前一个月入闱，正赶上每年大潮的季节。他便在凤凰山上州学附近的望海楼中闲看潮头，用长焦镜头般的文字记下钱江潮自远而近的全过程：

海上涛头一线来，楼前指顾雪成堆。

从今潮上君须上，更看银山二十回。

（《望海楼晚景五绝（其一）》）

元代统治者为示一统天下，禁止修筑城墙，吴越国以来的杭州城墙也被拆毁。到了元末，割据东南的张士诚重建杭州城，将南垣北移，凤凰山被弃城外。在明代杭城第一旅行指南《四时幽赏录》中，北宋的杭州衙署已被描述为“左为故宋御教场，亲军护卫之所，大内要地，今作荒凉僻境矣”（《胜果寺月岩望月》）。今天，这里的空间环境发生了更大的变化，见证苏东坡办公和闲居的那些建筑早已难觅遗痕。但在郑老师的带领下，我们先后到访“忠实”摩崖、月岩、圣果寺三尊大佛及十八罗汉造像、排衙石诗刻和慈云岭造像。它们的时代多属吴越国至南宋期间。无不提示我们，作为数百年的杭州政治核心区，这里既有山林之美，也有过人文之盛。

游 湖

在杭州游学，当然还是绕不开西湖，而奠定今日西湖形态和规模的正是苏轼。不过，苏轼之于西湖，首先并不在于有意将其打造成景区（相比之下，灵隐至上天竺一带在宋代已是著名景区），而是治理水患。这是作为地方官的正经工作。苏轼不只是文豪，首先是一名好官，在担任通判期间，他协助知州陈襄疏浚六井，解决居民饮水问题。到了知州任上，苏轼先是调动军队疏浚盐桥、茅山两河，保证沟通大运河与钱塘江之间航道的畅通，接着面对六井复淤的状况，再次予以疏通。最后，苏轼把目光投向了西湖，作为杭州居民生活、农业灌溉和运河的主要水源地，西湖的重要性不言而喻，但此时却淤塞近半，使苏轼深感担忧。他曾说：“使杭州而无西湖，如人去其眉目，岂复为人乎？”（《申三省起请开湖六条状》）从元祐五年（1090）四月开始，苏轼率领杭州军民对西湖进行彻底的治理，同时创造性地将清挖出来的淤泥和湖草，在湖中筑起一道南北向长堤，又在湖上建造三座小石塔，圈出不许种植的水域。它们在日后演化为“苏堤春晓”和“三潭印月”，均位列“西湖十景”。这个杭州人赖以生存的大湖，终成天地间一大胜境，也成为东坡本人的寄情所在。

我们从北端的跨虹桥踏上苏堤。六月初，绿已深，曲院风荷里开出了第一朵花。往东看，湖心亭和阮公墩两个小岛像浮在水面上的两块翠玉，再远是岸上的柳林和背后杭城的楼群；向北看，孤山不孤，白堤如带，断桥和宝带桥如同两道卧波的蛾眉，宝石山仿佛绿屏，山上那座保俶塔体态修长，依然像前人所形容的“亭亭如美人”；往南看，小瀛洲林木葱茏，再远一些，是夕照山上的雷峰塔和吴山上的城隍阁，它们锁住观者发散的视线；往西看，那属于天目山脉的连绵山岭，就只剩下青黛色的轮廓，一直排到天际。四目流连，湖山在望，妙不可言。

苏堤不仅沟通了湖之南北，也曾经见证了东西向穿堤而过的上香船队。上世纪四十年代湖滨至灵隐的公路开辟之前，在杭州城外的西湖东岸坐船，向西横跨西湖，至茅家埠登岸，改走陆路到灵隐和三天竺，是唐宋以来杭州本地及江浙各地的香客，前往西湖以西的佛教圣地礼佛进香的必经之路，这就是在历史上享有盛名的“上香古道”。苏堤上共有六座石桥，从南向北数的第四桥名“压堤桥”，桥洞尤为高大。正是因为旧时湖船东来西去，都要从这座桥下过，可以说它是整条上香古道上的咽喉之地，著名的“苏堤春晓”景碑亭就建在桥南。

寻　苏

深谙佛理、喜欢与名僧往来的苏东坡也是上香队伍中的一员，灵隐、天竺、韬光是他经常前往的佛国圣地。不过从记载看，苏轼多选择步行，清阮元《两浙金石志》记录他所知的杭州东坡题刻中，有三处都是元祐五年三月二日所题。那天，苏东坡与王瑜、杨杰、张璹同游，分别在龙华寺、麦岭和韬光寺留下题刻。龙华寺故址在慈云岭南，麦岭在湖西赤山埠与茅家埠之间，韬光寺则是上香古道的终点，也是他们此行的目的地。由此看来，苏轼一行从州衙出发，翻山越岭前往天竺。这趟路程不近，他们或许夜宿韬光，静听海潮。

苏轼虽然在生前已有盛名，但几与祸患相始终，直至晚年仍陷党争，处境艰难，去世之后名字列入《元祐党籍碑》，他在杭州的题刻大多遭到被毁的厄运。宋室南渡后，政治风向、学术思潮和审美倾向都出现转变，苏轼备受推崇。小他一辈的人已经在各地搜寻苏轼的书画作品，当然也会拜访与他有关的遗迹。

从那时开始，杭州的苏东坡史迹就备受关注。如今，公认的苏东坡原刻在麦岭，此题记较为简单："苏轼、王瑜、杨杰、张璹同游天竺，过麦岭。"我们在最后的天光里赶来，借助手电筒打出侧光。左上角"苏轼"二字穿越千年时光，与我们迎面相遇。在杭州期间，承蒙本地师友告知，近年当地有心人又在南山石屋洞和定山慈岩院风水洞发现两处苏东坡题记，真是"地不爱宝"，泽被我辈。

熙宁七年（1074）九月，苏轼从杭州赴密州上任。然而，他一离开便开始怀念。熙宁八年（1075）在"寂寞山城"的密州过上元节时，苏轼不可遏止地怀念繁华热闹的"钱塘灯火三五夜"（《蝶恋花·密州上元》）。直到今天，人们踏上苏堤，面对美景还是会脱口而出："水光潋滟晴方好，山色空蒙雨亦奇。欲把西湖比西子，淡妆浓抹总相宜。"（《饮湖上初晴后雨·其二》）为官杭州虽然不像贬居黄州那样，是苏轼人生中的重大转折，但名人与名城彼此成就，缘分难解。

也许，就像苏轼自己说的："前生我已到杭州，到处长如到旧游。"（《和张子野见寄三绝句》）

2021年6月

耿朔，1984年生，安徽郎溪人。中央美术学院人文学院副教授。有学术专著《层累的图像：拼砌砖画与南朝艺术》，旅行随笔《总有一段时光，虚度在江南》，主编学术考察文集《问彼嵩洛：中原访古行记》。央视《国家宝藏》节目第一季"国宝守护人"，第二季、第三季专家顾问。

后记

每一处生息繁衍的土地城邦，都会成为相关者的人生风景、记忆、情感、生命，无论其在江南、塞北，东洋、西洋，故乡、他乡，此生、来生——自然，我们是在经历自己的时空逆旅，但又何尝不是在理解和品尝过往错杂纷纭的人文？那么，虽然就此一生，却又宛如是来了又去、去了又来。当一处土地城邦愈多文明刻痕、文化余韵，在此成长与长成的人们便愈多相遇的信息，那种精神魂魄般的前世今生。

杭州，无疑是这样一处古今纵横、今昔交错的历史文化交通站，或者说她是中国人精神世界的一个枢纽。我是很久以后，摆脱了青春期和后青春期的自我中心，才慢慢发现杭州不仅是我的、杭州人的、江南的，还是中国的、士人知识分子的、民间大众的，亦是话本小说的、氍毹银屏的、才子佳人的、英雄隐士的。这座城虽未必是叱咤风云、波诡云谲的主舞台，但主舞台的事情和情事，最后都会以一角或一说的方式沉淀为此处的传奇、故事，以“独特韵味，别样精彩”之姿记录保存了一份中国人的性情基因、民族档案。

所以，杭州在我的印象和认知里，确不能只平朴地叫她作“杭州”，而是要如本书里海飞兄那篇的名称，叫作“杭州啊杭州”，且这个“啊”字后面的逗号，改成一个波浪纹的符号都行，以表明这中间充满了一唱三叹，如戏腔，如泣诉，如放歌。如此，这部散文随笔集的书名也就定了。

入编的25篇作品从起心动念之初，就被我们画了一条时间上的标准线，那就是所有入编的作品都须诞生在建国后。这样做，当然心有不甘地割舍了很多民国时期写杭州的大名篇。其中缘由是那些作品编辑印行颇多，暂时可不做重复的工夫，以保持本书的一点独特性。因此，从丰子恺、夏衍、巴金、陈学昭诸先生建国后的篇什往下捋，至少有四代人在此书中相聚，他们要同写一个杭州，也各自写了各自的杭州。固然这书基本还是文人事、文人情、文人之笔墨，却也因四代人的时代历史变迁，留下了不少70年间杭州城的细节、肌理。

从主编的工作而言，我和袁瑾先商定了此一选本的定位和名家搜选范围——后者为方便起见，缩小到了中国大陆。袁瑾对作家作品作了初步的阅读选择，不足和不适合的则由我在二轮编选中提出，并给予增补甚至约稿。责编裘禾峰女士在后来的工作中发挥了越来越大的作用，她认真负责地给我提供了意见建议，协助我多次调整编排的办法，在此表示感谢。更须致敬的是，当我把此书成稿交给尊敬的杭州市的老领导叶明先生时，他欣然赐我大序，以光篇幅，作为晚辈尤感深情。

读城，是人们阅历和知识增长之后会渐趋兴致勃勃的事；而常年研究文学，则让我对“城市+故事”的结构有了新的领悟。我愿意把此书的主编，作为我们将要建立的“杭州故事创作与研究中心”的开端。希望读者与我一样，喜欢这样的文化和创意。

夏 烈

2022年11月15日晚于杭州城西

责任编辑： 裘禾峰
装帧设计： 巢倩慧
责任校对： 朱晓波
责任印制： 汪立峰
图书插画： 李　阳

图书在版编目（CIP）数据

杭州啊杭州 / 丰子恺等著 ; 夏烈, 袁瑾主编. -- 杭州 : 浙江摄影出版社, 2023.1
ISBN 978-7-5514-3894-0

Ⅰ. ①杭… Ⅱ. ①丰… ②夏… ③袁… Ⅲ. ①散文集—中国—当代 Ⅳ. ①I267

中国版本图书馆CIP数据核字(2022)第063497号

HANGZHOU A HANGZHOU
杭州啊杭州

丰子恺　巴 金　余秋雨等　著
夏 烈　袁 瑾　主编

全国百佳图书出版单位
浙江摄影出版社出版发行
地址：杭州市体育场路347号
邮编：310006
网址：www.photo.zjcb.com
电话：0571-85151082
制版：浙江新华图文制作有限公司
印刷：杭州捷派印务有限公司
开本：889mm×1230mm　1/32
印张：8.5
2023年1月第1版　2023年1月第1次印刷
ISBN 978-7-5514-3894-0
定价：49.00元